日韓怪異論——死と救済の物語を読み解く

目次

まえがき

科学が進んだ現代でも「妖怪ウォッチ」や水木しげるの漫画や和製ホラー映画などの人気は高く、怪異ブームが続いている。日本では古来、文学・芸能・絵画そして民間の昔話等の口承伝承などを通じて、幽霊・妖怪・神仏の霊験その他の怪異譚・奇談が多く語られ描かれて来た強固な伝統がある。怪異の存在を信じているか否かは別として、日本人は怪異が大好きなのである。幽霊・妖怪といった怪異は、日本を特徴付ける「文化」の一つと言っても過言ではない。

周知の如く、夙《つと》に怪異に学問的に焦点を当てたのが民俗学を大成した柳田國男《やなぎたくにお》である。柳田は怪異の実在云々でなく、怪異を信ずる人々の心の有様、怪異譚を生み出す時代毎の社会の有様に学問的な関心を寄せた。つまり、怪異という枠を通して、「人間」を、「社会」を探究しようとしたと言える。こうした観点から、民俗学が怪異研究を主導して来た。更に昨今は、民俗学者小松和彦氏の「妖怪学」の提唱に見られる如く、民俗学のみならず歴史学・文学・文化人類学・宗教学・心理学・社会学・サブカルチャー研究など様々な分野の研究者の集う学際的な研究も盛んになりつつある。我々日本人の嗜好が現代も怪異物に向いていることもあるが、怪異という枠組が、学問のジャンルを超えて、人間や社会の深いところを考察する際に有効だからである。幽霊・妖怪・他界・異界といった事項につき考えることとは、生と死について、またあの世とこの世についての考究に繋がって行く。

一方、日本の文学や文化、思想、風俗などについて、「東アジア」という視点から考察することも、このところ学界でしばしば見られるようになって来た。歴史的な相互関係・影響関係を辿るのみならず、比較文学・比較文化・比較芸能といった視点も採り入れて、海外の研究者と共同研究・共同シンポジウムの形が取られることも珍しくない。そうして日本を相対化してみることによって、日本、延《ひ》いては周辺諸国について更に深く考究したいという狙いからであろう。

本書もそうした流れを受けて、怪異研究の形で日本文学や日本文化、且つ韓国の文学や文化の本質に迫ることを目指して企画したものである。文学・歴史・宗教等多分野に亘り死生観にも関わる「死と救済」という明確なテーマを打ち立てたこと、古代から近代までの日本文学の全時代を俯瞰していること、そして韓国の文学や宗教・民俗についても日本と同じ分量の頁を割いて、日韓を比較対照し得ることを意図した構成となっていることが、本書の特長と言える。

なぜ、日本と韓国なのか――周知の如く、日本は有史以来長く中国文明の影響下にあり、日本文学も多分に中国文学（漢籍）を多く採り入れて来た。研究史的には、ジャンル論・系統論・作品論それぞれにおいて、典拠論・原拠論といった形で、中国文学の日本文学への影響が検証されて来た。ところが、朝鮮（韓国）の文学との関係については見落とされがちで、近年見直しがなされつつある。

例えば、稿者の専門である近世文学について言えば、中国明代の怪異小説『剪灯新話《せんとうしんわ》』が日本の近世文学（仮名草子『伽婢子《おとぎぼうこ》』や読本『雨月物語』など）に大きく影響したことは夙に考証され定説化したが、その後、朝鮮で『剪灯新話』に注釈の付された『剪灯新話句解』や李朝前期の伝奇小説『金鰲新話《きんごうしんわ》』も日本に齎《もたら》されており、それらの影響も大きかったことが知られることとなった。

本書で日本以外にまず韓国を取り上げたのは、右の学問的関心に加え、稿者がたまたま韓国の日本学研究の拠点とも言える高麗大学校に伝手があったという事情にも拠る。

以下、掲載の各論の要旨を紹介する。

藤井由紀子「「火車」を見る者たち――平安・鎌倉期往生説話の〈死と救済〉――」

平安・鎌倉期の往生説話における「火車」の存在意義を考察することによって、当時の人々の〈死と救済〉の概念を探る。まず、『今昔物語集』の済源伝を、『日本往生極楽記』に載る異伝と比較することによって、「火車」が「罪」と結びつくものであることを指摘した。さらに、『今昔物語集』と『宝物集』に載る悪人往生の「火車」説話を比較し、その罪が「五逆」に相当するような大罪であることを明らかにした。『宝物集』や『発心集』に載る「火車」説話は、『往生要集』を源泉として、臨終行儀と深く結びつくことによって成立している。それに対して、『今昔物語集』の「火車」説話は、その事件性に主眼があり、第三者の視線にさらされる「火車」の姿を示すことによって、のちに妖怪化する「火車」の怪異性を、先見的に示すものであったと位置づけた。

藤本勝義「源氏物語における死と救済」

源氏物語では重要な人物で死ぬ者が多い。本稿では、特に、源氏物語独自の救済の論理を把握しようとする。夕顔の死は、娘などには知られないため菩提を弔われず、成仏がかなり遅れた。葵の上は、光源氏の心からの哀悼により成仏したと考えられるが、そこまで光源氏が愛していたとも思われない。勤行の経験がない葵の上には、残された者の誠意ある追善供養が必要であった。冥福には、追善供養と精神的救済が要請されていると思われる。紫の上は、厚い信仰心と光源氏の供養によって極楽往生した。亡霊として夢枕に立つ人物では、桐壺院は光源氏による追善供養によって、藤壺は、身代わりになってでも救いたいという光源氏の思いなどによって救済された。八の宮は、中の君の「幸い人」への道筋で心の平安を得て成仏したと考えられる。他の作品では、盛大な葬儀が当事者の権勢を示すことに関わるなど、質の違いが際立つのである。

姫野敦子「中世文学における死と救済──能「鵺」をめぐって──」
日本の中世における「救済」は仏教的意味での「悟り・往生」に当たることにつき概観した。その上で、世阿弥作の夢幻能の一つ「鵺」を取り上げて考察する。この作品は『平家物語』で有名な源頼政の鵺退治を、鵺の立場から描いたものである。シテの鵺は頼政に射られたことを「君の天罰」と述懐し、自らがうつほ舟に押し込められて川に流された汚名を語り海に消える。シテが往生できたか否か曖昧なまま終わらせる描き方に注目し、他の修羅物の能との比較を通じて、この能は、シテの往生への願いを描きつつ、往生の困難さ・仏教の救いの限界を観客へ静かに訴えているのではないかとした。

佐伯孝弘「死なせぬ復讐譚──『万の文反古』巻三の三「代筆は浮世の闇」を巡って──」
西鶴の『万《よろづ》の文反古《ふみほうぐ》』巻三の三「代筆は浮世の闇」は、主人公の盲目の乞食僧が弟への手紙の中で、嘗《かつ》て自分が侍の置き忘れた大金を猫ばばし、侍を切腹に追い込み、その報いとして今の身になり果て死ねずにいることを告白する話。本話の典拠の一つが、随筆『閑際筆記』に載る寛永年中の実話で、それを裏返しにして利用した可能性がある。侍の幽霊が主人公の自害を阻んで死なせない、という珍しい復讐の仕方をすることは、侍が主人公の往生を妨げ、且つこの世でもっと苦しませようとしていると取れ、あるいは主人公の生への執着が幽霊の幻影となって見えているとも取れる。本話に西鶴が込めたテーマは、この世の恐怖や狂気と、主人公と侍が無駄に往生を妨げ合う虚《むな》しさであろうか。

藤澤秀幸「幸田露伴・泉鏡花における「死」と「救済」」
幸田露伴における死と救済は仏教的である。彼の場合、現世で死んだ人を救済する方法は転生である。この発想は伝統的で、新しくない。人間の世界から人間の世界への転生は水平方向への転生である。他方、泉鏡花における死と救済には二つのパターンがある。一つは、死にそうな状況からの救済である。これは露伴には見られない特徴である。これは、年上の美しい女性によって救済されたいという鏡花の夢から生まれた鏡花文学の基本構造である。二つ目は、人間の世界での死が異界への転生によって救済されるというパターンである。この発想は新しい。これは垂直方向への転生である。「死」と「救済」、そして「転生」という点で露伴文学と鏡花文学を比較すれば、鏡花文学は露伴文学を超えていたと言えるだろう。

Ⅱ 韓国編

沈致烈《シム・チヨル》「朝鮮王朝小説における死と救済の相関性――「淑英娘子伝《しゅくえいじょうしでん》」を中心に――」

朝鮮王朝期の小説における〈死と救済〉を、具体的には「淑英娘子伝」を分析することによって、考察する。主人公の「淑英娘子」は天上から地上に配流され、結局は不幸にも自決せざるを得ない状況になる。しかし、死んだ後、天上に再生する。これは、彼女にとって、まさに救済であった。文学作品が死で終わるのではなく、死の先の救済によって永遠の生命を営為するというメッセージが、読者に報償心理として作用する。しかし、この救済は彼女の周辺の地上の人々に永遠の離別を要求し、大きな喪失感を与えている。主人公の死は永遠の天上復帰という救済であるが、地上に残る彼女の周辺の人々には大きな哀しみを残すというのが「淑英娘子伝」の〈死と救済〉である。

金基珩《キム・ギヒョン》「「水陸斎」における死の様相と儀礼の構造的な特徴」

中国から朝鮮に伝わった死者供養である「水陸斎」につき、その目的について考察したもの。水陸斎は、上檀・

中檀・下檀という三檀を設置して行われる。そのうち下檀に祀られる魂の様相を「召請下位篇」の叙述によって確認すると、本質的に不幸な霊魂で、「中陰神」の性質を持つものと位置づけられる。上檀・中檀には上位神格が納められており、下檀に祀られた霊魂の追善のために祀られていると考えることができる。さらに、三檀とともに設置される使者檀・五路檀・馬厩檀の位置付けについても考察し、特に使者檀・五路檀は、下檀に祀られた霊魂のためにあることも明らかにした。水陸斎は、下檀に祀られた霊魂の追善を核とし、究極的には、身分を超えた死者の救済や国家の安寧を意図する構造を持つ儀式である。

姜祥淳《カン・サンスン》「朝鮮王朝社会における儒教的転換と死生観の変化」

李氏朝鮮時代(一三九二〜一九一〇)の社会が儒教的社会へと転換されていく過程を、死生観の変化を指摘しつつ検討した。朝鮮開国に関わった性理学者でもある士大夫たちは、それ以前から続いている民間の呪術的な死生観を理論的、制度的に批判していったが、打破することは難しかった。一方、十七世紀以降、野談類の中には、儒教の価値観を内包した幽霊観・死生観が見られるようになっていく。性理学の鬼神死生論が否定したはずの幽霊、祖霊の実在を前提として子孫との宗法的人倫関係の連続を強調する観点である。朝鮮社会における儒教的転換とは、在来の死生観を受容した上で、儒教的価値観によって読み替えることで成就したといえるのではなかろうか。

金貞淑《キム・ジョンスク》「朝鮮王朝時代のあの世体験談の死と還生の理念性」

死後あの世を体験し、現世に戻る構造の「あの世体験談」の理念性を三側面に分けて考察した。まず仏教系のあの世体験談は、「目連伝」などに代表され、殺生など仏法を犯せば地獄に落ちるが、心を込めて仏に仕えれば救済され、死んだ者が生き返ることや極楽往生も可能という仏教理念を形象化している。それに対して金時習などの儒学者は、仏教で言う因果応報、輪廻や地獄などが虚構であるとして批判し、儒教の理念を強調する。そして仏教的志向と三綱五常をはじめとする儒教の理念の結合の上に、さらに道教的嗜好が窺えるものが現れる。朝鮮後期のハングル小説「あの世伝」などであり、善悪等の生活倫理を具体的に提示し、福禄を得るなどの庶民の希望を反映させた道教の勧善書の影響が考えられる。

高永欄《コウ・ヨンラン》「朝鮮王朝後期の韓国古小説に見える女性の死と救済」

朝鮮王朝後期の韓国古小説に見える仙女型女性が登場する「淑香伝」、「淑英娘子伝」、『三韓拾遺』の三作品を通じて、女性の死と救済の様相を考察したもの。殊に、仙女型女性の描写により女性の死と救済が描かれた理由として、第一に、当時の文学界で、恨みを持った者の恨む心の解消の過程を謫降《たくこう》モチーフを以て描こうとした文化的流行、第二に、あの世よりはこの世を中心に考える儒家的思惟が氾濫する社会文化的背景の中、仏教的輪廻禍福を論じ得ず、道家的な生き返り、転生を素材にしやすかったこと、第三に、十七世紀以降、ハングル小説という女性読者層が接しやすい媒体であるため、女性を意識し、彼女達の嘆きや恨みを文学的に解消しようとする動きがあったこと、第四に、男性よりも肩身の狭い思いをした一般女性の死という素材を、文学的想像力により救済しようとしたことが挙げられる。

以上である。なお、右の要旨は、日本編の各論と韓国編の高氏の論の要旨は執筆者自身が書いたものを、表記等につき一部修正を施した。韓国編の高氏以外の論については、日本側メンバーが分担して要約文を作成した。

佐伯孝弘

I 日本編

「火車」を見る者たち
——平安・鎌倉期往生説話の〈死と救済〉——

藤井由紀子

『六道絵』第一幅・火車、兵庫・極楽寺蔵

はじめに

平安文学における〈死と救済〉を考えるにあたって、まず、あまりにも有名なくだりながら、次の『更級日記』の記述を思い起こしておきたい。

さすがに命は憂きにもたえず、長らふめれど、後の世も思ふにかなはずぞあらむかしとぞ、うしろめたきに、頼むことひとつぞありける。天喜三年十月十三日の夜の夢に、ゐたる所の家のつまの庭に、阿弥陀仏立ちたまへり。（中略）こと人の目には、見つけたてまつらず、われ一人見たてまつるに、さすがにいみじくけおそろしければ、簾のもと近く寄りてもえ見たてまつらねば、仏、「さは、このたびはかへりて、後に迎へに来む」とのたまふ声、わが耳ひとつに聞こえて、人はえ聞きつけずと見るに、うちおどろきたれば、十四日なり。この夢ばかりぞ後の頼みとしける。

（三五八頁）

作者の見た阿弥陀来迎の夢は、「後に迎へに来む」という仏の声によって、極楽往生を保証するものとなった。「頼むことひとつぞありける」、「この夢ばかりぞ後の頼みとしける」とくり返される「頼む／頼み」ということばから、不如意な人生を送った作者が、この夢に〈救済〉を求めていたことが見てとれる。言うまでもなく、仏が「迎へに来」る「後」とは、作者の臨終の時を指す。すなわち、平安の人々にとって、往生が約束されているのならば、〈死〉こそが〈救済〉に他ならなかったのである。言い換えるならば、いかにして〈死〉を〈救済〉とするのかが問題なのであって、高僧の往生伝をはじめとするさまざまな往生に関わる説話は、その範例として提示されたものであったと位置づけることができるだろう。

さて、そのような往生説話を〈怪異〉という視点で辿り見るとき、いくつかの説話に描かれる「火車」という存在が注目される。「火車」は、近世になると、「葬式のとき、あるいは墓場で死体を奪う」[*1]妖怪と化す。まさに〈怪異〉的な存在へと発展する[*2]のであるが、平安・鎌倉期の往生説話に見られる「火車」は、死を目前にした者の目に映る、地獄の迎えとしてである。それを念仏の力によって退け、無事に極楽往生するというのが、諸説話に共通して見られる「火車」譚の基本的な型である。

本稿では、『今昔物語集』を主軸に、鎌倉期の説話も視野に入れながら、〈怪異〉と結びつく「火車」の描かれる往生譚を考察していくこととする。なぜ、「火車」は現れるのか。その存在意義を考察することによって、当時の人々の〈死と救済〉の概念を探っていくこととしたい。

一 『今昔物語集』の「火車」

①日本の説話に現れる「火車」の最古例

「火車」が本朝の説話に現れるのは、平安時代も末期に至ってからである。おそらくは、次に挙げる『今昔物語集』巻十五―四「薬師寺済源僧都、往生語」などが、最も古い例となる。

今昔、薬師寺ニ済源僧都ト云フ人有ケリ。(中略)老ニ臨テ、既ニ命終ラムト為ル時ニ成テ、念仏ヲ唱テ絶入ナムト為ルニ、起上テ弟子ヲ呼テ告テ云ク、「汝等年来見ツラム様ニ、此ノ寺ノ別当也ト云ヘドモ寺ノ物ヲ犯シ不仕ズシテ、他念無ク念仏ヲ唱ヘテ、命終レバ必ズ極楽ノ迎ヘ有ラムト思フニ、極楽ノ迎ハ不見エズシテ、本意無ク火ノ車ヲ此ニ寄ス。我レ此ヲ見テ云ク、「此ハ何ゾ。本意無ク、此クハ不思デコソ有ツレ。何事ノ罪ニ依テ地獄ノ迎ヲバ可得キゾ」ト云ツレバ、此ノ車ニ付ケル鬼共ノ云ク、「先年ニ此ノ寺ノ米五斗ヲ借テ仕タリキ。而ルニ、未ダ其ヲ不返納ズ。其ノ罪ニ依テ此ノ迎ヲ得タル也」ト云ツレバ、我レ、「然許ノ罪ニ依テ地獄ニ可堕キ様無シ。其ノ物ヲ可返キ也」ト云ツレバ、火ノ車ハ寄セテ、未ダ此ニ有リ。然レバ、速ニ米一石ヲ以テ寺ニ送リ可奉シ」ト云バ、弟子等此ヲ聞テ、忽テ米一石ヲ寺ニ送リ奉リツ。其ノ鐘ノ音聞ユル程ニ、僧都ノ云ク、「火ノ車ハ返リ去ヌ」ト。其ノ後暫ク有テ、僧都ノ云ク、「火ノ車返テ、今ナム極楽ノ迎ヘ得タル」ト云テ、掌ヲ合セテ額ニ充テ、泣〻ク喜テ、念仏ヲ唱ヘテゾ失ニケル。(後略)

(三八一頁)

薬師寺の僧・済源の往生譚である。臨終の際に見えた「火ノ車」は、それを引く「鬼共」によって、「此ノ寺ノ米五斗」を借りたまま返していない「罪」のために現れたものだと説明される。それを聞いた弟子たちが、急いで寺に「米一石」を返したことにより、「火ノ車」は消え、「極楽ノ迎へ」を得たという話である。

『今昔物語集』巻十五は、極楽往生譚を集めた構成となっており、その多くが、『日本往生極楽記』や『大日本法華経験記』に取材したものである。済源の往生譚も、『日本往生極楽記』に収載されるものであるのだが、しかし、注目すべきは、より古い形であるはずの『日本往生極楽記』の済源伝には、「火車」の存在が描かれていないという点である。今、その全文を見ておこう。

僧都済源は、心意潔白にして世事に染まず、一生の間念仏を事となせり。命終るの日、室に香気あり、空に音楽あり。常に騎るところの白馬、跪きてもて涕泣す。米五石を捨てて薬師寺に就けて、諷誦を修せしめ、陳べて曰く、我昔、寺の別当となりしに、借用せしところこれのみ。今終に臨みてもてこれに報ゆるなりといへり。（一二三頁）

ここには、『今昔物語集』と同様、借用していた「米」（「五石」と量は異なる）を寺に返したことは語られているものの、それは、済源が「一生の間念仏」に専念し、「心意潔白」であったことを裏付けるためのエピソードとして示されており、「火車」の入り込む余地はないことは明らかである。では、なぜ、『今昔物語集』の済源伝には「火ノ車」が登場するのであろうか。『今昔物語集』の当該話とほぼ同内容の説話が、『宇治拾遺物語』にも見られる（巻四―一二「薬師寺別当事」）ことから、『今昔物語集』以前に、「火車」の登場する済源伝は既に存在していたことがうかがわれる。よって、『今昔物語集』が独自に「火ノ車」を付け加えた可能性は低いものの、それにしても、『日本往生極楽記』を参看していたことはたしかな状況下において、なぜ、「火車」譚のほうが採用されたのか、その意味を考える余地は残されていよう。

②「火車」の原初的イメージ

そもそも、「火車」とは何か。ここで、その原初的イメージを確認しておくこととしたい。

「火車」という語自体は、多くの仏典に散見することができる。それは「火車輪」や「火車爐炭」などといった表現で、地獄の責め具として描かれている。このような地獄における「火車」のイメージは、『地獄草紙』などにも描かれ[*3]、平安時代には広く浸透していたものだったと考えられる。

一方で、死にゆく者を迎えに来る乗り物としての「火車」の早い例としては、『大智度論』が指摘されている。仏の足指を傷つけ、尼を殺した提婆達多が生きたまま地獄に引きずり込まれる際に、「地自然破裂、火車来迎」（巻十四）と、「火車」が「来迎」したことが語られている。また、『今昔物語集』との関わりにおいて注目しておきたいのは、『三宝感応要略録』の例である。巻上—九は、殺生を生業としていた「安良」なる者が、落馬によって命を落とすが、兄が釈迦像を造った際に「銭三十文」を寄進した功徳によって生き返るという話であるが、生き返ってから語られた絶命直後の様子が、「二人馬頭牛頭。以二火車一来投二入吾身一。猛火焼レ身。苦痛無レ量」と描写されている。「火車」に投げ入れられるやいなや、猛火によって焼かれているところから、責め具としてのイメージは保持されたままであると言えるが、「馬頭牛頭」が「火車」を引いて「来」るという描写から、地獄の迎えとしての「火車」の造型が既に成り立っていたことが見て取れる[*4]。

このような中国の仏教書・説話集に見られる、地獄の迎えとしての「火車」のイメージが、直接的に『今昔物語集』に影響を与えたと見ることは容易いが、しかし、否応なく生者を地獄に引きずり込む「火車」と、臨終を迎えようとする者の脳裏に映る「火車」との間には、いまだ隔たりがあるのもたしかであろう。

③置き換わらない「地獄の火」と「火車」

今、この隔たりを埋めるために、本朝の説話に視点を戻すと、『日本往生極楽記』の次の話が注目される。

延暦寺の僧明靖は、俗姓藤原氏、素より密教を嗜み、兼て弥陀を念じたり。暮年に小病あり。弟子の僧静真を召して語りて曰く、地獄の火遠く病の眼に現ぜり。念仏の外誰か敢へて救はむ者ぞ。須く自他共に念仏三昧を修すべしといへり。即ち僧侶を枕の前に請じて、仏号を唱へしむ。また静真に語りて曰く、眼前の火漸くに滅え、西方の月微しく照す。誠にこれ弥陀引摂の相なりといへり。命終るの日、強に微力を扶け、沐浴して西に向ひて気絶えぬ。　（三〇頁）

延暦寺の僧・明靖の往生譚である。ここには「火車」は登場しない。死を前にした明靖の目に映るのは「地獄の火」である。しかしながら、その「地獄の火」が念仏を唱えることによって「漸くに滅え」、「西方の月」という極楽往生の証しを得た上で臨終を迎えるという筋立ては、多くの「火車」譚と軌を一にするものであり、従来、これを「火車」説話の嚆矢とする見方がなされてきた。*5 そのこと自体に異論はないのだが、ただ、ここで『今昔物語集』に話を戻すならば、この明靖伝もまた、巻十五に収められるものであり（十「比叡山僧明清、往生語」）、しかしながら、やはりそこでも「地獄の火」は「地獄ノ火」のままであるということに留意しておきたい。該当する部分を引いておく。

今昔、比叡ノ山ノ□ニ明清ト云フ僧有ケリ。（中略）如此ク勤メ行フ間、年漸ク積テ、明清老ニ臨テ、身ニ聊ノ病ヲ受タリ。其ノ時ニ、明清、弟子静真ト云フ僧ヲ呼ビ寄セテ、告テ云ク、「地獄ノ火、遠クヨリ現ゼリ。我レ年来見ツラム様ニ、偏ニ念仏唱ヘテ極楽ニ生レム事ヲ願ヒツルニ、本意無ク今地獄ノ火ヲ見ル。然リト云ヘドモ、尚念仏ヲ唱ヘテ弥陀如来ノ助ヲ蒙ラムヨリ外ハ、誰カ此レヲ救ハム。然レドモ、我レモ人モ共ニ心ヲ至シテ念仏三昧ヲ可修キ也」ト云テ、忽ニ僧共ヲ請ジテ、明清ガ枕上ニシテ念仏ヲ令唱ム。其ノ後暫ク有テ、亦明清静真ヲ呼ビ寄セテ、告テ云ク、「我レ前ニ告ツル地獄ノ火、眼ノ前ニ現ゼリツルニ、今其ノ火既ニ滅シテ、即チ西方ヨリ月ノ光ノ様ナル光リ、来リ照ス。此レヲ思フニ、実ニ念仏三昧ヲ修セルニ依テ、弥陀如来ノ我レヲ助ケテ迎ヘ可給キ相也ケリ」ト云テ、泣ゝク弥ヨ念仏ヲ唱フ。（後略）（三九〇頁）

一読してわかる通り、『今昔物語集』の明清伝は、『日本往生極楽記』の明靖伝にほぼ忠実なものとなっており、「地獄の火」も、決して「火車」に置き換えられることはないのである。明靖伝に見る「地獄の火」が、「火車」の始原的な位置にあることは動かないとしても、もし、「火車」説話の展開を単純な「成長過程」[*6]に置いて見ることが正しいとするならば、既に地獄の迎えとしての「火車」を描きうることのできた『今昔物語集』においては、「地獄の火」は、むしろ「火ノ車」に置き換えられて当然だったと言えはしないか。事実、『日本往生極楽記』にはなかった「本意無ク今地獄ノ火ヲ見ル」という一文は、先に見た済源伝における「本意無ク火ノ車ヲ此ニ寄ス」という表現と酷似しており、念仏による極楽往生という「本意」と対極の位置にあるという点において、「地獄ノ火」と「火ノ車」が同様の役割を果たすものであることは疑いない。しかし、それでもなお、『今昔物語集』は、あえて「地獄の火」を「地獄ノ火」のままとし、「火ノ車」に置き換えることをしなかったのである。それは、両者には決して入れ替えることのできない性質の違いがあることを示しているのではないだろうか。

そのような視点で、『今昔物語集』における済源伝と明清伝を比較してみるとき、そこに、大きな主題の差異が浮かび上がることは明白であろう。明清伝は次のように結ばれている。

此レヲ思フニ、往生ハ只念仏ニ可依キ事也トナム語リ伝ヘタルトヤ。（三九一頁）

明清伝は、ただひたすらに念仏の功徳を説くものであり、実際に、なぜ明清が「地獄ノ火」を見なければならなかったのか、その理由は判然としない。これに対し、先に見た通り、済源には「米五斗」を返済していない「罪」があった。済源伝の結びも見ておこう。

此ヲ思ニ、然許ノ程ノ罪ニ依テ火ノ車迎ニ来ル。何ニ況ヤ恣ニ寺物ヲ犯シ仕タラム寺ノ別当ノ罪、思ヒ可遣シ。
（三八二頁）

ここには、明清伝とは逆に、まったく念仏の功徳は触れられていない。「火ノ車」が「罪」によって立ち現れたことが、重ねて確認されているのみである。すなわち、「火車」とは、理由なく立ち現れるものなのではなく、往生の妨げとなる「罪」があって初めて動き出すものであると捉えられるのである。

実際、「極楽ニ生レム事」を願っていたにもかかわらず、「今地獄ノ火ヲ見」てしまった明清は、自身が既に地獄の入り口にある状態であると読み取れるのに対し、「極楽ノ迎へ有ラム」と思っていたにもかかわらず、「火ノ車」が「此ニ寄」せられてしまった済源は、まだこの世に留まる存在であると位置づけられる。「火ノ車」は、あの世からこの世へとはみ出してくる存在なのであり、その駆動源には、迎えられるものの「罪」があった。「火車」とはその「罪」を、明確な形で具現したものであったと位置づけておきたい。

二 「火車」と「罪」

①不可分な関係の「火車」と「罪」

前節で、「火車」とは、死にゆく者の「罪」の象徴であると定位したが、そのことは、『今昔物語集』に見られるもう一つの「火車」説話に、端的に表されている。

今昔、□国ニ一人ノ人有ケリ。罪ヲ造ルヲ以テ役トセリ。殺生・放逸惣テ無限シ。如此クシテ□年来ヲ経ル間、人有テ教テ云ク、「罪ヲ造レル人ハ必ズ地獄ニ堕ル也」ト。此ノ人此ノ事ヲ聞クト云ヘドモ、敢テ不信ズシテ云ク、「「罪ヲ造ル人地獄ニ堕ツ」ト云ハ極タル虚言也。更ニ然ル事不有ジ。何ニ依テカ然ル事有ラム」ト云テ、弥ヨ殺生ヲシ、放逸ヲ宗トス。而ル間、此ノ人身ニ重キ病ヲ受テ、日来ヲ経テ既ニ死ナムトス。其ノ時ニ、此ノ人ノ目ニ火ノ車見エケリ。此レヲ見テヨリ後、病人恐ヂ怖ル、事無限クシテ、一人ノ智リ有ル僧ヲ呼テ、問テ云ク、「我レ年来罪ヲ造ルヲ以テ役トシテ過ツルニ、人有テ、「罪造ル者ハ地獄ニ堕ツ」ト云テ制セシヲ、此レ虚言也トノミ思テ、罪造ル事ヲ不止ズシテ、今死ナムト為ル時ニ臨テ、目ノ前ニ火ノ車来テ我レヲ迎ヘムトス。然レバ、罪造ル者地獄ニ堕ツト云フ事ハ実ニコソ」。年来不信ザリケル事ヲ悔ヒ悲ビテ、泣ク事無限シ。僧枕上ニ居テ、此レヲ聞テ云ク、「汝ヂ、罪ヲ造テ地獄ニ堕ツト云フ事ヲ年来不信ズト云ヘドモ、今火ノ車ノ来ルヲ見テ信ジツヤ」ト。病人ノ云ク、「火ノ車目ノ前ニ現ジタレバ、深ク信ジツ」ト。僧ノ云ク、「然レバ、弥陀ノ念仏ヲ唱フレバ必ズ極楽ニ往生スト云フ事ヲ信ゼヨ。此レモ仏ノ説キ教ヘ給ヘル所也」ト。病人此レヲ聞テ、掌ヲ合テ額ニ充テ、「南無阿弥陀仏」ト懃ニ千度唱フルニ、僧病人ニ問テ云ク、「火ノ車ハ尚見ユヤ否ヤ」ト。病人答テ云ク、「火ノ車ハ忽ニ失ヌ。金色シタル大キナル蓮花一葉ナム、目ノ前ニ見ユル」ト云フマヽニ失ニケリ。（後略）　（四五四頁）

巻十五—四十七「造悪業人、最後唱念仏往生語」である。その題に明らかな通り、ここで「火ノ車」を見るのは、「罪ヲ造ルヲ以テ役トセリ」という極悪人である。「罪造ル者ハ地獄ニ堕ツ」という忠告を無視してきたこの悪人が、それが本当のことであったと信じることになるのは、病に伏して「火ノ車目ノ前ニ現ジタレバ」であった。ここに、「火車」と「罪」とが不可分の関係にあることを改めて確認することができる。ただし、このような「火車」の象徴性が、はたして『今昔物語集』以外の「火車」説話にも共通して見られるものなのか、考察の範囲を広げる必要があろう。

　右に挙げた説話は出典未詳とされるものであるが、同内容の話が『宝物集』にも収められている。

②「大罪」と結びつく「火車」

　ある人、一生涯の間、仏法を信ぜずして、このみて罪をつくり、病悩をうけて後、はじめて善知識を請じて、臨命の時、善知識の聖人に云、「我、一生涯の間、仏法を信ぜずして、一善なき故に、いま地獄のむかへを得て、火車すでに眼の前に現ぜり」とかなしむ。善知識教へていはく、「罪をつくれば地獄のつかひを得、〔仏ヲ念ズレバ聖衆ノ来迎ニ預ル者ナリ。〕南無阿弥陀仏と十度申せ」とをしゆ。罪人、善知識の教にまかせて、南無阿弥陀仏ところゑをあげてとなふならば、善知識いまだ十ぺんにみたざるに、問ひて云、「たゞ今、何の相を見る」、罪人こたへて云、「火車轅を返して、蓮花台来りてむかへん〔とす〕」とぞ申ける。「火車自然去、蓮台即来迎」ととくは是也。こまかには法鼓経にぞ申たる。

（巻七・三一三頁）

　一見してわかる通り、『宝物集』の内容は、『今昔物語集』に比べて簡潔なものとなっている。『今昔物語集』では、「罪ヲ造テ地獄ニ堕ツト云フ事」を信じるという悪人に対して、それができたのであれば、「弥陀ノ念仏ヲ唱フレバ必ズ極楽ニ往生スト云フ事」も信じられるはずだという僧の返答が、いわば話の〈肝〉となっているのであるが、『宝物集』にはそのような込み入ったやりとりは語られていない。僧は「南無阿弥陀仏と十度申せ」と教えるのみであり、そのことによって「蓮花台」の迎えを得たことの真実性を、「「火車自然去、蓮台即来迎」ととくは是也」と、「法鼓経」なる経典の一句を引くことで裏打ちしようとしているのである。

　この「法鼓経」については、『安楽集』の引く偽経『法句経』であることが指摘されている。*7 ただし、『法句経』

には、「火車自然去、蓮台即来迎」という偈文自体は存在せず、直接の出典は不明のようだ。だとしても、この「火車自然去、蓮台即来迎」というフレーズが、本朝において、なかば慣用句的に受容されていたことはたしかである。[8] それが完全な形で示される『孝養集』を見ておきたい。[9]

亦知識問て言べし。何事か見えさせ給ふやと。又病者もありのままに答へよ。若し妄念の由を云ば。知識其に随つて教化せよ。又魔縁の由を云ば。其対治先に申しつるが如し。又歌うたふ様なる音。常に聞ゆると云り。尚尚仏を念じ。能能懺悔をし給へ。其則地獄の声なり。然りといへども。能く弥陀を念じ給はば。其罪は遁れ給ふべきなりと。経に曰。

若作五逆罪。得聞六字名。火車自然去。華台即来迎文。

文の意は。若し五逆をつくるといへ共。終る時。南無阿弥陀仏と云六字を聞事あらば。地獄の迎へ去て。極楽の迎可レ来と云り。既に六字の名を聞てさへ。地獄の迎へ去て。極楽の蓮台来るべしと云り。況んや一心にして自唱んに。さり共とこそ覚え候へなどと云へ。亦既に仏を奉見と云ば。弥心をつよくして念仏を申し給へと云べし。

（下巻・二九頁）

たとえ「五逆罪」をなしたとしても、南無阿弥陀仏の「六字」を唱えれば、「火車」は去り、「華台」が来迎するというその言説は、念仏の功徳を説くものであることは疑いない。ただし、今、確認しておきたいのは、「火車」の位置づけである。ここでも「火車」は「罪」と結びつく形で表されているが、その「罪」とは「五逆」という大罪なのであり、その大罪に対応する「魔縁」として「火車」が挙げられているのである。

思えば、前節で見た『今昔物語集』の済源伝では、「米五斗」の借用というささいな罪で「火車」が出現したことに対して、「然許ノ程ノ罪ニ依テ火ノ車迎ニ来ル」という驚きが語られていたのであった。つづく「何ニ況ヤ恣ニ寺物ヲ犯シ仕タラム寺ノ別当ノ罪、思ヒ可遣シ」という評言には、「火車来迎」以上の「罪」がどれほどのものかという恐れが示されているのであって、これを逆説的に踏まえるならば、本来的には、「火車」は、「五逆」のような重い罪を犯した者の前にのみ現れるものであったと言えるのではないか。ここで、『発心集』も見ておきたい。

③「死」への恐れが生み出す「火車」

或る宮腹の女房、世を背けるありけり、病ひをうけて限りなりける時、善知識に、ある聖を呼びたりければ、念仏すすむる程に、此の人、色まさをになりて、恐れたるけしきなり。あやしみて、「いかなる事の、目に見え給ふぞ」と問へば、「恐しげなる者どもの、火の車を率て来るなり」と云ふ。聖の云ふやう、「阿弥陀仏の本願を強く念じて、名号をおこたらず唱へ給へ。五逆の人だに、善知識にあひて、念仏十度申しつれば、極楽に生る。況や、さほどの罪は、よも作り給はじ」と云ふ。即ち、此の教へによりて、声をあげて唱ふ。しばしありて、其のけしきなほりて、悦べる様なり。（巻四―七・一八三頁）

この話も、死を目前にした「或る宮腹の女房」と「善知識」たる「聖」の問答を中心として構成されており、『今昔物語集』『宝物集』の「火車」説話とその骨格を同じくするものであることが確認できる。そして、ここで注目すべきは、「火の車」を見たという女房に対して聖の発した台詞、「五逆の人だに、善知識にあひて、念仏十度申しつれば、極楽に生る」である。これが、「若作五逆罪」の偈文と、その内容において重なり合うものであることは明らかであろう。この女房の犯した罪は、具体的には語られない。ただ、聖の「況や、さほどの罪は、よも作り給はじ」ということばによって、それが到底「五逆罪」に相当するような大罪ではないことが示されている。すなわち、ここで聖が述べているのは、本来、女房は「火車」を見るはずがないということであり、だからこそ、念仏の力でそれを退けることは容易いという励ましなのである。事実、『発心集』の「火車」は、このあと、「玉のかざりしたるめでたき車」、そして、「墨染めの衣着たる僧」と、「さまざまに形を変へて」女房を「たばかりける」（一八四頁）こととなる。「さほどの罪」を作っていない女房の見た「火車」は、あるいは〈死〉への恐れによって生み出された、こう言ってよければ偽りの「火車」であったのかもしれない。このように考えれば、この説話もまた、「火車」と大罪の結びつきを前提とし、それを反転させる形で生み出されたものであったと理解できるのである。

以上のように「火車」説話を概観したとき、「五逆」によって「火車」が出現するという思想は、平安末期から鎌倉初期にかけて、既に広く浸透していたものであったと捉えることができる。「火車自然去、蓮台即来迎」という偈文もまた、その思想を端的に表すものとして、「火車」説話の発展とともに広まったものであったのだろう。それぞれの説話の展開には差異があるものの、その根底には、〈死〉に対する恐れがある。その恐れが罪の意識と結びつくことによって「火車」となったことを、そこにはたしかに読み取ることができるのであった。

三 「火車」を捉える視線

①「死」から「救済」へ

前節で見た『宝物集』の「火車」譚には、以下の文がつづいている。

> 月を見れば涼しく、日にあたればあたゝか也。弓をとれば物の射たく、筆をとれば文字の書たきなり。それがやうに、善知識にあへば善を修し、悪人にあへば悪をなすなり。（三一三頁）

『宝物集』の当該話は、極楽往生のための十二門中、第十門[*10]「善知識にあひて仏に成べし」に位置する。「火車」が大罪と結びつく存在であることはこれまでに確認してきた通りなのだが、『宝物集』の話は、かといって、その「罪」について語ろうとしたものではない。この話は、あくまで「善知識の教へ」に視点があるのであって、「火車」を見た悪人に焦点は合わせられていないのである。すなわち、『宝物集』の主眼は、〈死〉そのものではなく、まさしく〈救済〉のほうに置かれているのだと言えるだろう。そのことは、『孝養集』を参看することによって、より明確なものとなる。『孝養集』巻下は、まさに臨終行儀を扱ったものであり、病者を看取る立場での心構えが語られる中に、「火車」の偈文も引用されているのであった。

このように、「火車」説話の多くは、病者と善知識の問答というその内容に明らかな通り、臨終行儀のいわば実践譚としての側面を持つものであった。言うまでもなく、それらの根源には『往生要集』があるのだが、『往生要集』の中に、既に、「火車」と結びつく記述を見出すことができる。

かくの如く病者の気色を瞻て、その応ずる所に随順し、ただ一事を以て最後の念となし、衆多なることを得ざれ。その詞の進止は殊に意を用ふべし。病者をして攀縁を生ぜしむることなかれ。問ふ。観仏三昧経に説くが如し。

仏、阿難に告げたまはく、「もし衆生ありて、父を殺し、母を殺し、六親を罵辱せん。この罪を作りし者は、命終の時、銅の狗、口を張りて十八の車に化す。状、金車の如し。宝蓋、上にありて、一切の火焔、化して玉女となる。罪人、遙かに見て心に歓喜を生じ、「我、中に往かんと欲す」と。風刀の解くる時、寒さ急しくして、声を失し、むしろ好き火を得て、車の上にありて、坐して燃ゆる火に自ら爆られんと。この念を作し已りて即便ち命終る。揮擢の間にして、已に金車に坐す。玉女を顧り瞻れば、皆鉄の斧を捉りて、その身を折り截る」と。

（四五頁）

巻中・大文第六末尾の問答において、偽りの「蓮華の来迎」の例として挙げられる『観仏三昧海経』巻五の一節には、「火車」ということば自体はないものの、「罪人」を迎えに来る「火焔」をまとった「車」のさまが描かれている。その罪人の「罪」が「父を殺し、母を殺し、六親を罵辱」するという大罪であるという点においても、これまでに見てきた「火車」の性質と通底するものがあることは明らかであろう。『往生要集』は、このあと、偽りの「蓮華」を見抜く「四義」について述べ、「看病の人は、能くこの相を了り、しばしば病者の所有のもろもろの事を問ひ、前の行儀に依りて、種々に教化せよ」（五〇頁）として、大文第六を結ぶ。つまり、「看病の人」の「種々の教化」を説明するために、「火車」の例は用いられているのであった。

『観仏三昧海経』の右のくだりが、直接的に特定の説話の源泉となったかどうかは別としても、[*11]『往生要集』から『宝物集』、そして『発心集』へと見通すときに、「火車」説話が、臨終行儀と密接に結びつく形で成立・展開していったことはたしかなことであると考えられる。病者の目に映る「火車」をどうやって去らせるのか、その〈救済〉の方法が重要なのであり、「善知識」や「念仏」の重要性を説くために、大罪の象徴である「火車」は出現したのだと捉えられよう。

②第三者の登場

さて、しかしながら、そのような見取り図の中に『今昔物語集』を置いたとき、必ずしもそこに整然とは収まりきらない、主題のズレのようなものを感じざるをえない。先に挙げた悪人の見た「火車」の話にはつづきがある。

其ノ時ニ、僧涙ヲ流シテ悲ビ貴ビテ返ニケリ。此レヲ見聞ク人、不貴ズト云フ事無シ。此レヲ思フニ、仏ノ説キ給フ所ニ露モ不違ネバ、只念仏ヲ可唱キ也トナム語リ伝ヘタルトヤ。

（四五五頁）

「念仏」の功徳を説いて結ばれる点において、たしかにそれは、他の「火車」説話と共通するものではあるのだが、しかし、『宝物集』と同源の話を用いながら、『今昔物語集』は、「善知識」の重要性についてはまったく触れていないのである。さらに留意しなければならないのは、「此レヲ見聞ク人」と、第三者の視点が導入されていることであろう。臨終行儀を土台として「火車」が語られる場合、それは、病者とそれを看取る者との一対一の関係性の中に立ち現れるものとしてある。それに対して、『今昔物語集』の「火車」は、巷間へと広まっていくのである。そのことによって、善知識たる「僧」は、噂の情報源として定位され、「涙ヲ流シテ悲ビ貴ビテ返」っていくその姿は、「不貴ズト云フ事無」き人々と同列の扱いにまで相対化されていると言えるのではないか。

『今昔』撰者には修行過程に対する関心が薄く、（中略）往生に至る過程で生じた霊験の、事件としての不可思議さの方に多く関心が赴くのである」と言われるように[*12]、この「火車」譚も、「念仏」という簡便な方法での往生への関心はありこそすれ、それを臨終行儀の中に位置づけ、「善知識」の重要性を説くことはまったく意図されておらず、むしろ、悪人が「火車」を見たにもかかわらず往生できたという、その事件性のほうに焦点が当てられていると考えられる。事件であるからこそ、それは、多くの人々に「見聞」されなければならないものであったということになろう。だが、そのことこそが重要なのである。〈死と救済〉という問題が普遍的なものであり、市井の人々にとっても等しく重大な関心事であったとするならば、『今昔物語集』の語る噂の世界こそが現実を反映したものであったと言えるのではないか。

「火車」は、死にゆく者の「罪」の象徴であり、それを看取る者の視線の中で生み出され、成長していったことは間違いない。ただし、それが現実的な存在感を得るためには、第三者の視線が必要であった。『今昔物語集』の「火車」説話は、決して第三者の視線から「火車」を捉えたものではないが、第三者の「見聞」にさらされる「火車」譚の行方を末尾に呈示し、臨終行儀という枠組みの外に「火車」を据えたという点において、その後の「火車」のイメージの変容へと繋がるものであったと位置づけられる。
事実、さらに時代が下ると、「火車」は第三者に直接目撃される存在となる。『沙石集』を見ておきたい。

③目撃される「火車」

ある遁世門の僧、随分に後世の心ありて、念仏の行者なるが、時料の為、耕作なんどせさする事、さすがよしなく罪深く思ひける夜の夢に、ある山の辺に火車あり。これを師子に懸く。獄卒、これを遣る。炎おびただし。見るに怖しなんど云ふ許り無し。獄卒の云はく、「これ敵のあるを責むべきなり」と云ひて、何とも返答に及ばず。恐れ入りて過ぐ。その山の峯に、若き僧三人立ちて云はく、「獄卒が云ひつる事は御房聞きつるか」と宣ふ。「承り候ひつる」と答ふ。「あれは、耕作して多くの虫を殺す者を、敵として戒むべき者なり」とて、

極楽へ参らん事を悦ばでなに歎くらむ穢土の思ひを

かく三反許り詠じ給ふと見て、夢覚めぬ。さて、耕作なんど思ひ留まりたる由、物語りし侍りき。地蔵の御方便にや。忝くぞ覚え侍る。

（巻二・九八頁）

ある僧が夢の中で「火車」を見るのだが、その「火車」が向かう先は、僧が耕作をさせている者たちのところであった。その「罪」は「多くの虫を殺す」というもので、「五逆」に比べれば、軽微な罪だと言わざるをえない。しかし、僧自身も、耕作を「よしなく罪深」いことだと自覚していたのだという。結局、夢から覚めたのち、耕作を「思ひ留ま」ったことにより、僧の「罪」は消えたと思われるのだが、では、小作人たちの「罪」はどうなったのか。「火車」が向かったのは僧ではなかったはずである。「罪」の源は僧にあり、その僧が耕作をとどめたことで、小作人たちの「罪」も滅したと、一応は考えられるのであるが、では、なぜ、「火車」は僧を直接迎えに

来なかったのか。

ここには、たしかに〈救済〉は描かれている。しかし、それは「地蔵の御方便」とまとめられる通り、極楽往生へと直接的に繋がる〈救済〉ではなかった。僧がこれ以上の罪を作らないように、「若き僧三人」に化した地蔵菩薩がそれを諭したのだと考えられる。だとすれば、それは、現世における〈救済〉であって、だからこそ、「火車」が向かったその先の描写は必要なかったのであろう。

「火車」は、あの世からこの世へとはみ出してくる存在であったことは、既に第一節で確認した。しかし、初期の説話では、それはすぐにあの世へと引き返すものであったはずである。病者の看取りという密室から「火車」が解放されたとき、それは、現世の地平を疾走するものとして、第三者に目撃されることとなった。そのことによって増幅するのは、「怖しなんど云ふ許り無し」という恐怖の念のみであろう。それが最も端的に表されている例として、最後に、『平家物語』を一瞥しておこう。

④恐怖の対象となる「火車」

入道相国の北の方、二位殿の夢にみ給ひける事こそおそろしけれ。猛火のおびたたしくもえたる車を、門の内へやり入れたり。前後に立ちたるものは、或は馬の面のやうなるものもあり、或は牛の面のやうなるものもあり、車のまへには、無といふ文字ばかりぞみえたる、鉄の札をぞ立てたりける。二位殿夢の心に、「あれはいづくよりぞ」と御たづねあれば、「閻魔の庁より、平家太政入道殿の御迎に参ッて候」と申す。「さて其札は何といふ札ぞ」と問はせ給へば、「南閻浮提金銅十六丈の盧舎那仏焼きほろぼし給へる罪によッて、無間の底に堕ち給ふべきよし閻魔の庁の御さだめ候が、無間の無をば書かれて、間の字をばいまだ書かれぬなり」とぞ申しける。二位殿うちおどろき、あせ水になり、是を人々にかたり給へば、きく人みな身の毛よだちけり。

（巻六・四四九頁）

清盛の死の直前、妻である二位殿は、「猛火のおびたたしくもえたる車」を夢に見る。それが、「盧舎那仏焼きほろぼし給へる罪」という大罪によって、清盛を「無間の底」に引き入れるためのものであったという点に、これまで見てきた「火車」から直接繋がるイメージを見て取ることはできる。しかし、そこには、〈救済〉は描かれず、語られるのは、ひたすら地獄に対する恐れのみである。「あせ水にな」った二位殿の姿だけではなく、その夢はさらに他者に語られることによって、「きく人みな身の毛よだちけり」と、恐怖のみが共有されていくこととなったのである。

〈救済〉する術を持たない第三者の視線によって描かれることによって、「火車」は、逃れがたい地獄の迎えとなった。ここから妖怪としての「火車」までの距離は、そう遠くない。

おわりに

慈円の『拾玉集』に、次のような和歌がある。

ひのくるまけふはわが門やりすぎてあはれいづちかめぐり行くらむ　（四七五）

「無常」という題で詠まれたこの歌は、言うまでもなく、非常に観念的なものである。しかしながら、ここで詠まれている「ひのくるま」が、いつ誰のもとにやってくるのかわからない〈死〉そのものを暗示していることは重要であろう。ここに「罪」の形象からも解き放たれた「火車」の姿を読み取ることができる。

本稿では、「火車」の始原的な形を、『今昔物語集』を中心として考察してきた。それは、臨終行儀と密接に結びつきながら発生し、大罪の象徴として機能するものであったが、予想外に早く、十三世紀には、〈救済〉と切り離されたところで、〈死〉の象徴として屹立していくと見ることができる。「火車」の事件性に注目するという点において、『今昔物語集』の「火車」説話には、以降の〈怪異〉的な「火車」の姿が先見的に示されていたのだと見ることもできよう。

「火車」には、いかに〈救済〉されるかという人々の切実な願いと、それを阻む「罪」への大いなる恐れが表されている。平安・鎌倉期の「火車」説話は、〈死と救済〉という普遍的な問題を、「火車」という具現された存在をいかにして滅するかというわかりやすい形で描くことによって、広く人口に膾炙されるものとなり、その「見聞」の現場においてこそ、「火車」の〈怪異〉性は獲得されていったのだと捉えたい。

注

＊1　村上健司編『妖怪事典』（毎日新聞社、二〇〇〇年）「火車」の項。

＊2　本稿では、近世までの変遷を追うことはしないが、「火車」のイメージの変容を通史的にまとめたものとして、次の論文が参考になる。
勝田至「火車の誕生」（『国立歴史民俗博物館研究報告』第一七四輯、二〇一二年三月）

＊3　東京国立博物館蔵模本『地獄草紙』には、鬼たちの引く車に罪人達が乗せられ、火あぶりにされている様子が描かれており、次のような詞書が付されている。
またこの地獄の罪人を猛火熾燃なる鉄車にのせて、鬼おほく前後ニ囲遶して、城のほかにめぐりありくことあり、罪人身分やけとほりて、死生いくかへりといふことをしらず。

＊4　「安良」が「火車」に引かれていく場面を描いたものが、兵庫・極楽寺所蔵「六道絵」にあり、「わが国中世に広く流布し

た図像であったこと」が指摘されている（加須屋誠『生老病死の図像学――仏教説話画を読む』筑摩選書、二〇一二年）。図像化される前段階として、この説話自体が人口に膾炙したものであったことがうかがわれよう。

＊5　青山克彌氏は、平安・鎌倉期の「火車」説話を、その「成長過程」によって五つの段階に分類しているが、当該話は、「病者が地獄の火を見る、というごく素朴なかたち」として、第一段階に位置づけられている（「火車来迎説話の形成――『発心集』巻四――四十四話を中心に――」『鴨長明の説話世界』桜楓社、一九八四年）。また、前掲注2勝田論文においても、本朝の「火車」説話の最初に、この話が挙げられている。

＊6　前掲注5青山論文。

＊7　荒木浩「宝物集撰述資料雑考――「法鼓経」をめぐって――」（『愛知県立大学文学部論集（国文学科編）』第三十八号、一九八九年二月）

＊8　時代は下るが、良忠『観経疏伝通記』（巻五）や、了慧編『拾遺黒谷上人語燈録』（巻下）にも、用例を拾うことができる。

＊9　この偈文をめぐる『宝物集』と『孝養集』の関係性については、前掲注7荒木論文参照。

＊10　テキストが底本とする吉川泰雄氏蔵本に従うが、多くの伝本は、これを第九門とする。

＊11　青山克彌氏は、『発心集』の「火車」説話について、「『観仏三昧経』の当該箇所に依拠したフィクショナルな説話」であり、「本話のモチーフが源信流の臨終行儀に拠るものであり、かつ『往生要集』を出典とする」ことを指摘している（前掲注5論文）。これに対しては、山田昭全氏の批判があり、「むしろ長明の大原時代の見聞にもとづく説話であったろう」と推測されている（「『発心集』雑考」〈大正大学国文学会編『文学と仏教〈第一集〉迷いと悟り』教育出版センター、一九八〇年〉）。

＊12　池上洵一「説話の選択――『法華験記』の受容――」（『今昔物語集の研究』〈池上洵一著作集・第一巻〉和泉書院、二〇〇一年）

※本文の引用は、それぞれ以下のテキストに拠った。読解の便宜のため、漢文資料には、私に返り点・句読点を施し、書き下し文のあるものはテキストに従った。

・『今昔物語集』『宝物集』……新日本古典文学大系（岩波書店）
・『更級日記』『平家物語』『沙石集』……新編日本古典文学全集（小学館）

・『発心集』……新潮日本古典集成（新潮社）
・『日本往生極楽記』……日本思想大系新装版（岩波書店）
・『往生要集』……岩波文庫（岩波書店）
・『観仏三昧海経』『大智度論』『三宝感応要略録』……大正新修大蔵経（大蔵出版）
・『孝養集』……大日本仏教全書（講談社）
・『拾玉集』……新編国歌大観（角川学芸出版）

『源氏物語』における死と救済

藤本勝義

生き霊、葵上にとり憑《つ》く（藤本勝義『好かれる女・嫌われる女』新典社、2002より）

はじめに

『源氏物語』には死ぬ者が多い。桐壺更衣《きりつぼのこうい》、夕顔、葵の上、桐壺院、六条御息所《みやすどころ》、藤壺、柏木、紫の上、さらには八の宮、大君《おおいぎみ》など重要な人物が死んでいく。平安時代の他の作品では、『栄花物語』を除くと描かれ方が少ない。『栄花物語』は、歴史物語としての性格上、多いのは当然であろう。『源氏物語』に多くの人の死が描かれるのは、長編物語ゆえではあるが、無論、それよりもっと重要な意味があろう。死そのものの意味があるわけで、多く、死で終わるのではなく、そのプロセスと、死後に残された者の思いが重視されている。本稿では、死のもたらすものと、死者の救済について考察し、仏教的な救済はもとより、『源氏物語』独自の救済の論理を把握しようとするものである。

一　物の怪に憑依された人物

①夕顔の死

夕顔は、光源氏の密かな恋愛沙汰の果てに、何某《なにがし》の院にて物の怪に取り殺された。四十九日の法事を営んだ翌夜、光源氏の夢に、何某の院で枕元に座っていた女の姿が、そのままの様子で現れた。夕顔が行方知れずになり、夕顔の乳母は仕方なしに、四歳の玉鬘《たまかづら》を連れて筑紫へ下向した。筑紫へ着いた後の乳母《めのと》の夢は、次のように語られた。

夢などに、いとたまさかに見えたまふ時などもあり。同じさまなる女など添ひたまうて見たまへば、なごり心地あしく、なやみなどしければ、なほ世に亡くなりたまひにけるなめり、と思ひなるもいみじくのみなむ。

（新編日本古典文学全集本『源氏物語』「玉鬘」九〇頁）

夕顔の死に関して何も知らない乳母の夢に、夕顔とともに、光源氏の夢に現れた女が添って見えるとするのは、語り手が読者を強く意識し、夕顔急死の場面を想起させようとしているとされる（『源氏物語の鑑賞と基礎知識』玉鬘、至文堂、二〇〇〇年、三十七頁）。乳母が患ったのは、夢の女が魔性のものゆえと考えられよう。これは筑紫に着いた後の夢のため、夕顔の死から少なくとも二年前後は経っている。悪夢ということもあり、いまだに夕顔は成仏していないことがはっきりしている。しかし、死を知らされていない乳母一家は、夕顔の追善供養を営むわけにもいかないのである。

光源氏は夕顔の死後一か月以上病に伏していたので、菩提を弔ったのは四十九日の法要で、それも世間体などを考え、名前を示さずに行っている。その後、供養を行ったとしても細々とであろう。玉鬘や乳母一家が夕顔の死を知るのは、筑紫から上京した後なので、その間、玉鬘らは追善供養を行ってはいない。光源氏は、短期間ではあったが溺愛した愛人の死ゆえ、心をこめて菩提を弔ったと考えられるが、夕顔がいつの時点で往生したかは示されていない。それは、仮にいつまでも成仏できなかったにせよ、物語がそのこと自体を重視していないためであろう。夕顔が往生できず恨み言を言ったり、物の怪となったりする物語展開は意味がなく、全く考えられていないということでもあろう。

②葵の上の死と救済

葵の上は六条御息所の生霊によって取り殺されたが、光源氏の心からの哀悼により成仏したと考えてよい。

経忍びやかに読みたまひつつ、「法界三昧《ほふかいざんまい》普賢大士《ふげんだいじ》」とうちのたまへる、行ひ馴れたる法師よりはけなり。

（「葵」四九頁）

低い声で経文を読みながら「法界三昧…」と唱える光源氏の姿は、勤行慣れしている僧侶より優れているとして称賛されている。誠意をもって葵の上の追善供養をする姿勢が明らかである。また、

大将の君は、二条院にだに、あからさまにも渡りたまはず、あはれに心深う思ひ嘆きて、行ひをまめにしたまひつつ明かし暮らしたまふ。

（五〇頁）

とあり、二条院の紫の上のもとへさえ、ほんの少しも帰らず、しみじみ心の底から嘆き、仏前のお勤めに専心して日々を過ごしている。さらに次のような和歌を詠んでいる。

亡き魂ぞいとど悲しき寝し床のあくがれがたき心ならひに
君なくて塵積もりぬるとこなつの露うち払ひいく夜寝ぬらむ
（六五頁）

亡き葵の上に直接語りかけるような歌であり、しかも他人の目を予想しない歌反故《ほご》ゆえ、光源氏の悲痛な心情を表現している。こうした光源氏の沈痛な長々しい追悼場面が続く。まさに愛妻の死を心から悼む風情である。しかし何か釈然としない。それほど葵の上を愛していたとは思われないからである。あたかも、生前の葵の上への不実を相殺するかのような感じもする。もっとも、権勢家としての道を歩む源氏が、結婚後、多数の女と関わり合ってきても、一人の子もなしていない中で（不義の子・冷泉院は除く）、初めて跡継ぎの子を生み、しかも出産直後に死去した正妻をいとしく思うのは不自然ではない。

しかし、取ってつけたような印象も受ける。光源氏が菩提を弔うことにより、葵の上の極楽往生が図られるわけで、どうも、葵の上の往生自体が何よりも重視されたと思われるのである。死者の往生のためには、生前の本人の仏道への帰依と、残された者の供養が要請された。勤行の経験がほとんどなかった主に若い死者には、残された者の心からの追善供養が必要である。葵の上の場合、残された両親は当然だが、光源氏自身の姿勢が重要であった。後に触れる六条御息所を、光源氏が、心をこめて菩提を弔うことはなかったと言ってよい。無論それは、死霊となる六条御息所の物語と深く結びついているのだが。葵の上の成仏は一つに、紫の上が光源氏と結ばれ、正妻への道を進む物語と関わっていよう。葵の上は、冥界に彷徨《さまよ》ってはならなかったということでもあろう。『源氏物語』では、死者の冥福に関して、追善供養と精神的救済が要請されているかのようである。

③紫の上の死と救済

紫の上は、六条御息所の死霊によって仮死状態になったが、源氏の懸命な看護により蘇生した。出家の望みを持ち続けるが、決して源氏に許可されなかった。そのため、紫の上は在俗のまま、仏道に厚く帰依し続ける。

年ごろ、私の御願にて書かせたてまつりたまひける法華経千部、急ぎて供養じたまふ。わが御殿と思す二条院にてぞしたまひける。……仏の道にさへ通ひたまひける御心のほどなどを、院はいと限りなしと見たてまつりたまひて、…

（「御法」四九五頁）

死期の近づいた紫の上は、自身の発願として書かせた法華経千部を、二条院で供養する。仏道の儀式に深く通じている紫の上に、光源氏は感服している。紫の上は仏道に帰依し、かつ現世に執着することなしに、比較的静かに死を迎えた。しかし、源氏の悲嘆は際立ち、七日七日の法要も取り仕切れず、夕霧が万事世話をしているほどである。「幻」巻では、季節の推移に従い、庭前の植物等に則して紫の上の思い出に耽り、虚《うつ》け者のような日々を送る。追善供養としては、一周忌に、紫の上が作らせておいた極楽の曼荼羅《まんだら》（浄土変相図）などの供養をさせる記事がある程度で、あとは専ら悲嘆に沈み、追憶する描写ばかりである。

妻の死の服喪は三か月だが、源氏は紫の上死後、実に一年数か月も実質的に喪に服した。その間、公的な場へは一切顔を出していない。紫の上は厚い信仰心と源氏の供養によって極楽往生した。二度と誰かの夢枕に立つことはない。ただし、紫の上は生前出家することはかなわなかった。ここではまさに、心から死者を悼み追想する精神が、死者を救済した体である。

④女三の宮の出家

女三の宮は、六条御息所の死霊によって出家を促され、父朱雀院に懇願し尼となる。しかし、御息所の憑霊とは別に、不義の子を抱こうとしない光源氏との、今後の生活に絶望した女三の宮の、追い詰められた精神が重要である。憑霊《ひょうれい》によるだけなら、出家後に現世への未練が生じてもおかしくはない。しかし、女三の宮の出家生活はほぼ安定し、俗世への未練を感じさせるものはない。彼女の不義密通の罪などは、若くして出家し、長い期間の仏道生活によって希薄になり、確実に極楽往生への道を歩み続けるのである。

⑤浮舟の出家

浮舟は、薫や匂宮との関係を清算すべく、入水しようとして果たせず意識不明となった。横川《よがわ》の僧都に救われ、浮舟に憑依していた法師の死霊が正体を現す。その後、僧都に懇願し出家を果たして救済されたはずだが、生存していることや居所を薫に知られ、安らぎの生活を乱される。浮舟は無論まだ救済されてはいない。何よりも、本人の気持以外の救済を妨げる障害がある。「夢浮橋」巻の後、浮舟の救済はあるのか、極めて覚束ない。横川の僧都から還俗《げんぞく》を勧められたと取るならば、なおさらである。ただし、浮舟自身の考えは定まっており、その気持が男君によって惑わされることはほとんどないと思われる。そのような障害さえなければ、浮舟は確実に救済される道を進むに違いない。

二　亡霊として夢枕に立つ人物と救済

①桐壺院

桐壺院は、須磨謫居《たっきょ》中の源氏の夢に現れ、在位中、過失はなかったが、知らぬうちに犯した罪ゆえに成仏できないとする。しかし、物語では光源氏を都へ召還すべく動く。この辺りは、周知のように菅公《かんこう》説話を下敷きにしている展開でもあり、桐壺院は息子が気がかりなだけで夢枕に立ったわけではない。いわゆる「子ゆえの闇」というわけでもない。故院は守護霊として、光源氏を救済する重要な存在であった。光源氏は、須磨流謫《るたく》前に故院の山稜に拝し、除名処分になった悲運等を切々と訴えるが、その折、生前そのままの故院の姿をはっきりと見た。このことは、後に光源氏と朱雀帝の夢枕に立ち、光源氏を召還へと導く展開と関わっていよう。

桐壺院は、復権した源氏による大々的な追善供養としての法華八講などによって、救済され極楽往生したというべきであろう。これらの供養は当然、光源氏の父院への深い愛と感謝の気持が結びついたものといえよう。

②藤壺

藤壺は、冷泉院の将来を危惧し、密事の露顕を恐れて、桐壺院一周忌後に二十九歳で突然出家する。徳も高かった藤壺だが、「薄雲」巻の三十七歳での崩御後、「朝顔」巻で源氏の夢枕に立ち恨み言を言う。光源氏は、あれほど勤行し徳の高かった藤壺でさえ、不義密通の罪により成仏できないことに、大きな衝撃を受ける。冥界にいる藤壺の罪を自分が身代わりになって受けたいと思う。さらに、阿弥陀仏を心の中で思う観想念仏を行い、藤壺の魂鎮《たましず》めをする。源氏の罪の意識と自分が身代わりになってでも救いたいという強い意識等で、藤壺救済の道筋ははっきりとつけられた。

③柏木

柏木は死後、「横笛」巻で夕霧の夢に現れ、遺愛の笛を伝えたい相手は夕霧とは別人だと告げる。親友である夕霧は、柏木の女三宮への思いと、生まれた不義の子・薫のことを、光源氏（手引きをした小侍従も含め）以外ではただ一人、ほぼ察知していた。柏木が臨終の折、心の執をこの世に留めたため往生できなかったと考え、夕霧は愛宕《おたぎ》の菩提寺で誦経をさせ、柏木が帰依していた寺でも誦経の供養をさせる。左大臣・大宮という両親も当然、嫡男の死を深く悲しみ、心から菩提を弔ったはずである。

将来、「宿木」巻で、笛は柏木の遺志通り、薫に伝えられていたことがわかる。これは柏木の往生を語っていることにもなろう。

④八の宮

八の宮は死後、娘を心配する面持ちで中の君の夢に現れる。また、阿闍梨《あざり》の夢に俗体の姿で現れ、現世に執を残し往生できないことを伝える。大君は、中の君を結婚させるなど、八の宮の遺言を守らなかった罪業を悲しむことになる。大君は死ぬが、中の君は、内親王を降嫁させ権大納言となった薫のバックアップにより、「幸い人」路線を進み、八の宮の心の執を払拭したといえよう。そのことは、成仏していなかった八の宮を極楽往生させたことになる。その後、誰の夢にも八の宮は現れなかった。無論、夢枕に立つことが全て、あの世で彷徨っているということではない。『大鏡』伊尹伝での、賀縁阿闍梨や藤原実資《さねすけ》の夢に現れた故義孝が、極楽で喜びに溢れているると伝える例などもある。故人の楽しげな姿などは、極楽往生していることを示すのである。しかし、『源氏物語』にはかような夢見が語られることはない。それは、『源氏物語』の世界や精神が、そのような方向性を取っていないこととも関連しよう。尚、中の君の幸い人としての道筋は、大君の鎮魂にもなったと考えられる。

三　六条御息所と光源氏

生霊・死霊として葵の上・紫の上・女三の宮に憑依した六条御息所は、愛情の乏しかった光源氏の、心の籠らぬ供養では救済されなかった。だからこそ、最後まで物の怪として女君に憑依したのである。彼女の救済は、娘の秋好《あきこのむ》中宮の献身的な追善供養によってなされたと考えるべきである。

御息所はこの世に執を残したが、いわゆる根本煩悩であり、『過去現在因果経』が記す「貪欲」（独占欲の強さ）「瞋恚《しんい》」（自分の心に逆らうものを怨み怒る心）「愚痴」という三種の煩悩（三毒）を全て具有していた。

一方、光源氏は、絶対者として仏の加護が強く、御息所の霊も近づけなかった。

この人を、深く憎しと思ひきこゆることはなけれど、まもり強く、いと御あたり遠き心地してえ近づき参らず、御声をだにほのかになむ聞きはべる。よし、今は、この罪軽むばかりのわざをせさせたまへ。修法、読経とののしることも、身には苦しくわびしき炎とのみまつはれて、さらに尊きことも聞こえねば、いと悲しくなむ。

（「若菜下」二三七頁）

御息所としては、紫の上より光源氏の方へ憑依したかったが、仏神の加護が強く近づけず、光源氏の声でさえかすかに聞こえる程度であったと言う。光源氏は当然、極楽往生した。死後、誰の夢にも出てこなかった。暗黙の裡に極楽往生が語られている。

次に、平安朝の他の作品での死や救済の問題を取り上げる。

四　『源氏物語』前後の作品の死と救済

①『篁物語』——異母妹の恋と死

成立が『源氏物語』以前かどうか判然としていないが、『篁《たかむら》物語』の記事は死者と救済を考えるのに参考になる。

異母兄の小野篁と恋愛状態になり、それを知った母親から仲を裂かれ、部屋に閉じ込められて妹は死ぬ。死んだその日に、異母兄のもとに亡霊として出てきて、悲しみの声をあげる。姿は見えず、手に触れることもできない。

この女死にける屋を、いとよくはらひて、花・香たきて、遠き所に、火をともしてゐたれば、この魂なん、夜な夜な来て語らひける。三七日は、いとあざやかなり。四七日は、時々見えけり。この男、涙つきせず泣く。その涙を硯の水にて、法花経を書きて、比叡の三昧堂にて、七日のわざしけり。その人、七日はなしはてても、ほのめくこと絶えざりけり。三年すぎては、夢にもたしかに見えざりけり。

(日本古典文学大系本『篁物語』三十四～五頁)

妹の心の執はかなり強かったので、供養を続けても、なかなか成仏することはなかった。しかし、七日七日の法要を続けていくにつれ、その魂は少しずつ消えていく。三年が過ぎ、兄の夢枕に立つこともほとんどなくなった。その後も、妹は執を残してはいるが、兄は懸命に成仏への道を歩ませている。

②『宇津保物語』『落窪物語』の死と救済

『源氏物語』より前に成立した『宇津保《うつほ》物語』では、「菊の宴」巻で、源実忠があて宮へ懸想し、父から顧みられなくなった真砂《まさご》君は悲嘆し、父を恋い慕いながら死ぬ。それを知った実忠は悲しむが、あて宮への思いは募るばかりといった、あて宮求婚譚《たん》の中の悲劇を叙情的に語る。母は真砂君を哀悼するが、この物語は、死者の救済とは無縁の、様々な求婚譚の中の悲劇的な一挿話として位置づけているに過ぎない。

『落窪《おちくぼ》物語』では、落窪の女君の父・忠頼の葬儀の模様が描かれている。道頼が妻の女君の気持ちを酌んで、四十九日などの法要を精一杯、盛大に催して孝養を尽くした。女君のためもあって、道頼は既に自分の大納言位を忠頼に譲ったり、法華八講《ほっけはっこう》や七十賀を行ったりしていた。それに対して、忠頼は大変な謝意を表していた。

○御忌のほどは、誰も誰も、君達、例ならぬ屋の短きに、移りたまひて、寝殿には、大徳達、いと多く籠れり。大将殿おはせぬ日なし。（新潮日本古典集成本『落窪物語』二四七頁）

○はかなくて御四十九日になりぬ。この殿にてなむ、しける。「こたみこそは果てのことなれば」とて、大将殿いといかめしうおきてたまひけり。子ども、われもわれもと、ほどほどに従ひて、したまひければ、いと猛にきらきらしき法事になむありける。（二四八頁）

前者の引用では、服喪期間中、君達は皆、低い家（土殿《つちどの》）に移り、寝殿には高僧たちが多く詰めており、道頼も毎日やってきており、後者は、四十九日の法事を豪勢、華麗に催している。ここまですれば忠頼も極楽往生間違いなしであろうが、物語はそれより、道頼の権勢と、女君のために忠頼への孝養の気持を表すところに焦点が絞られていると言ってよい。

③『栄花物語』の死と救済

平安後期では、作り物語ではないが、『栄花物語』では多くの死が扱われ、それぞれ盛大な葬儀や法事が記されることが多い。巻一「月の宴」で、村上天皇の中宮安子の死に際して葬儀等が盛大に行われる。帝・東宮や子息たちをはじめ上達部・殿上人などが葬儀等に奉仕し、悲しみに沈む様が描かれる。かようなことは、特に藤原氏一族に関しての類型的な記し方である。例えば、巻七「とりべ野」で一条帝の皇后定子が崩御し、帝や一族の悲しみの和歌が詠まれており、人々の悲嘆の様子がわかるが、追善供養により死者を往生させるといった方向性をとることはない。また巻二十六「楚王の夢」でも、東宮敦良妃の嬉子が出産後死ぬが、東宮や両親である道長や倫子、さらには嬉子の乳母などの悲嘆の様が語られる。あくまで死別の悲劇を綿々と語るという類型がある。

巻二十九「たまのかざり」でも道長女の妍子の崩御が記されるが、やはり記述方法は同様である。ただし、物の怪による死ということで、成仏が妨げられているのではないかという危惧から、七七日《なななぬか》より前にも、五七日の法事をしている。もっともその法事などで、誰も彼もが悲しみ、多くの女房たちの哀傷歌が連ねられており、妍子の人柄をそのような形で哀惜している体なのである。

これら『栄花物語』での死に関しては、あくまで、現世での死別を悲しみ、悲嘆の大きさの表現自体が重視されていると言ってもよかろう。無論、これほど大々的に葬儀や法事が行われれば、死者の往生は疑いなかろうが、視点はそういうところにはなく、死者の人徳を惜しみ、仰々しいほどに悲しむ大勢の人間を出すことで、特に藤原一族のすばらしさを賛美しているかのようである。

④『狭衣物語』の死と救済

平安後期の作り物語では、『狭衣《さごろも》物語』巻三で、狭衣は死んだ飛鳥井《あすかい》の女君の一周忌の法要を行っている。

心ざしのしるしには、何事をかはと、思せば、経、仏の御飾りを、なべてならずせさせたまふ。何事も、まことに日の中に仏にもなるばかりに、思し掟てたり。その日、いたう忍びて、自らおはしぬ。講師は、山の座主なりけり。請僧六十人、七僧なども、並び居たり。

（新編日本古典文学全集本『狭衣物語』②一四〇頁）

女君への誠意を示すには、今となっては法事しかないと考え、その日のうちに成仏し、極楽往生できるほどとあるように、万事に亘って、配慮の行き届いた盛大な法事となっているのである。高座に上り経典等を講説する講師に天台座主《ざす》を招き、七僧は無論、請僧が六十人という、一女君のためのものとしては考えられないほどの質と規模の法事である。例えば、『御堂関白記《みどうかんぱくき》』によれば、寛弘八年（一〇一一）三月二十七日に行われた、道長の等身阿弥陀仏・同経供養の折は、請僧は五十人に及び、南都《なんと》北嶺《ほくれい》の名僧などが招請されているが、道長ほどの者が主宰する他の法事でも、これほどのものはほとんどないくらいである。飛鳥井の女君の一周忌の法事が、フィクションとはいえ、いかに想像を超えるものであったかが分かる。狭衣にどれほど愛された女君なのかと、周囲の者も噂する記述があるが、当然であろう。要するに、狭衣の亡き女君への愛情の強さを訴える文脈なのである。

このことだけを取れば、光源氏の葵の上や紫の上への追悼に似ているが、前述したように、そこには大々的な法事よりも、光源氏の悲嘆の姿が綿々と描かれるところに焦点は当てられていた。『狭衣物語』では、この後、如上の盛大な法事に応えるかのように、飛鳥井の女君が狭衣の夢枕に立つ。

やがて端にうち休みて、まどろみたまへるに、ただありしさまにて、かたはらに居て、かく言ふ。

暗きより暗きに惑ふ死出の山とふにぞかかる光をも見る

と言ふさまの、らうたげさもめづらしうて、物言はんと思すに、ふと目覚めて、…　（巻三　一四一～二頁）

女君は、無明の闇に彷徨っていたが、狭衣の手厚い弔いにより、お蔭で成仏できたといって感謝する和歌を詠んでいる。法華経を踏まえた和泉式部の「暗きより暗き道にぞ入りぬべきはるかに照らせ山の端の月」を引いているところである。とともに、周知のように、『源氏物語』「明石」巻で記される、光源氏の夢枕に故桐壺院が立つ場面を下敷きにしている。しかし、『源氏物語』には、夢の中で、かような成仏の謝意を述べる場面などは全くない。夢枕に立つのは、必ず往生していない者に限られる。物語の質や時代性の違いがあるのだろうが、『源氏物語』の影響をもろに受けた作品が、源氏には描かれない挿話を考えた一つの結果ではあろう。しかし、『源氏物語』では、盛大な仏事だけでなくむしろ、誠心誠意、菩提を弔う人間の故人への深い愛情と行動が、死者の鎮魂を促し、極楽往生させるという道筋が引かれていたと言ってよい。『狭衣物語』では、それだけですませず、確かに成仏したことを記述上に刻印している。『源氏物語』では結果は一切記さず、読者の想像に任せている、というより、当然のこととして記さない、蛇足を省く文学的配慮がされているともいえよう。しかし何よりも、『源氏物語』の世界が、極楽往生を感謝するといった楽観的で安易な展開を取り込むようなものではないことが、最も重要なのだと考えるべきであろう。

おわりに

『源氏物語』での死者には、総じて、例えばわが子を思う故に成仏できない（柏木、八の宮）など、現世への心の執が必ずあった。それらは、死者自身が晴らすことはできず、後に残された者が追善供養をするしかなかった。葵の上、桐壺院、藤壺、紫の上は光源氏がする、というように。『源氏物語』の場合は、仏教的救済と相まって、誠心誠意、追悼をするという、精神的な救済が必要とされたともいえよう。

それが叶わぬ六条御息所の魂は、死後二十年近く闇の世界に漂い、死霊として跳梁《ちょうりょう》した。そのことを知った秋好中宮が母を救うために出家を志し（光源氏に許されなかったが）、母のために専心して菩提を弔うことを通して、御息所は成仏できたと考えられる。紫の上に憑依したが、その死に際し御息所の死霊の影はなかった。

しかし、『源氏物語』以外の作品では、光源氏など個人が、心の底から菩提を弔うといった、あくまで物語の精緻な展開に密着した描写は限られていた。『篁物語』では、篁が死んだ恋人である異母妹を悼み、極楽往生できるように供養をし続けることによって、成仏への道を取らせようとした。死者の冥福を祈り、長い年月菩提を弔い続けているところに、死者の救済を重視している姿勢が感じられる。しかし、物語の眼目は、異母妹が篁を諦めきれず、いつまでも亡霊として出現することの執心の強さにあり、光源氏などとの共通性を強く指摘することはできないのである。『落窪物語』のように、盛大な葬儀を行うことが、当事者の権勢を示すことに直接関わったり、『狭衣物語』のように、過去の愛した女君を偲んで供養を行うが、やはりその盛大さ自体が重視され、また、死者が夢枕に立ち、往生できた礼を述べるといった、『源氏物語』には決して描かれなかった挿話を記すなど、その質の違いが際立つのである。ジャンルは違うが、『栄花物語』に至っては、人の死を悲嘆する挿話でさえ、道長を中心とする藤原一族を、あくまで絶賛する点に集約されるものとなっていると考えられる。

『源氏物語』は、外的な栄華や幸福などを追うといった展開には決してならず、一貫して悲劇と隣り合わせの、楽観性が入り込めぬ物語であるところに、その独自性はある。極楽往生がなされても、そのようなことを書き記す物語ではないのである。

中世文学における死と救済

——能「鵺」をめぐって——

姫野敦子

鵺「能楽百番」月岡耕漁（国立能楽堂）

はじめに

中世の日本文学において、死、そして救済はどのように捉えられていたのか、また、作品を作っていく上で、どのような意識がはたらいていたかを考える上で、世阿弥（生没年一三六三？〜一四四三？）作の能「鵺」とその周辺の能の作品を取り上げたい。

中世文学における「救済」は、仏教の影響を大きく受けており、仏教的意味での「救済」として表される。つまり「往生」「解脱」「悟り」という状態こそが「救済」ということになるのである。もちろん、「往生」と言う状態は、外面的には「死」を指すが、内実としての「悟り」「解脱」を伴わなければ、「往生」とは言えない。ましてや「死すなわち救済」ではないと言ってよいだろう。中世文学でしばしば述べられている「往生」とは、六道輪廻から抜け出すことを指している。ここでいう六道とは、天道、人道、修羅道、畜生道、地獄道、餓鬼道をいい、生きとし生ける者は皆、これら六道を生まれ変わり死に変わりしながらさまようのである。この輪廻こそが苦しみであり、この苦しみから抜け出る方策が、「往生」なのである。

中世芸能の一つである能では、死んだ後にもこの六道を抜け出せず、修羅道あるいは地獄道へと落ちた主人公（シテ）が、たまたまめぐりあった僧などの仏教者（ワキ）に回向つまり弔いを頼み、救済を求めるという話型が非常に多くみられる。いわゆる夢幻能という形式である。この夢幻能は、用語の発生こそ近代になるものの、中世における救済の表現として、多用されていたといってよいだろう。

一　能「鵺」について

今回とりあげる能「鵺」は、覚一本『平家物語』巻一の源頼政の逸話を題材に作られたものである。先に述べたように作者は世阿弥であり、あらすじは以下のようになる。（謡本文は新潮日本古典集成『謡曲集』中巻より引用し、「　」でしめした）。[*1]

ある旅の僧が、摂津国芦屋で宿に困って、夜ごとに光るものが出るという海辺のお堂に泊まる。そこへ「不思議なる舟人」がやって来て、僧が来たことを喜び、自らを「近衛の院の御宇に、頼政が矢先にかかり、命を失ひし鵺」の「亡心」だと名乗り、源頼政の鵺退治のさまを物語る。それを聞いた僧の「げに隠れなき世語りの。その一念を翻へし。浮かむ力となり給へ」、つまり、その執心を改め成仏への力となさいませという言葉に、鵺は「浮かむべき便り無」と成仏できるか分からないという不安を示し、鵺の鳴き声と共に、うつほ舟に乗って立ち去って中入となる。後半の後場では、僧が鵺を弔い、経を読み「一仏成道観見法界。草木国土悉皆成仏。有情非情。皆共成仏道。頼むべし」と、仏道では心あるものないものの区別なく成仏する、これを信ぜよと述べると、鵺の霊が「真如の月の夜汐にうかみつつ」「聞きしにかはらぬ変化の姿」、説話そのままの姿で現れる。そして鵺の側からの視点で鵺退治を物語る。鵺は自らが「仏法王法の障り」を成そうと近衛院を悩ませたので頼政に退治されたが、それは「君の天罰を当りけるよと今こそ思ひ知られたれ」と述懐する。頼政の名誉に比して、自らの汚名、うつほ舟に押し込められて淀川に流された末路を歎き、海に消える。

以上があらすじである。前場の鵺退治の部分の詞章は、覚一本『平家物語』とほとんど同じである。つまり鵺を退治する側の視点で語られていく詞章となっている。頼政の退治の様子を語り終え、シテの鵺は自分が化け物つまり畜生であることを自覚し、殺された後に僧になお救済を求め、僧はそれに応えて法華経を唱え弔いをする。中入後の後場では、鵺退治を鵺の視点から語りなおす。この部分の表現について島津忠夫氏は*2

その詞章も覚一本の『平家物語』をそのままでなく、漢語、仏語を多くまじえ、韻律に合わせて作りあげている。ただ、「玉体を悩まして、怯え魂消らせ給ふことも」とあるのは、『平家物語』に「主上よなよなおびへたまぎらせ給ふ事ありけり」と見える表現を、さきには「主上夜な夜なご悩あり」というにとどめておいたのを、ここで用いたのである。これは「たまぎる」という語を、あえて後場に用いるための配慮であったと見ることができる。

と述べている。つまり、前場と後場で『平家物語』の言葉をやりとりして、後場へより劇的な言葉が配置するように微妙な工夫がされているということなのである。

ここで、鵺という化け物に目を向けると、山口仲美氏[*3]によれば、ヌエは、古代においては鳥であり、『古事記』（七一二年）や『万葉集』（八世紀成立か）での用例から類推するに、「奈良時代人にとって、ヌエは、忌むべき鳥ではなかった。むしろ、己れの悲痛な心持ちを託したくなるような、またヌエコ鳥と表現したくなるような、どこか共感を覚える声であった」と捉えられていたが、一方、中古においては、『口遊』（九七〇年）や『袋草紙』（一一五七～一一五八年成立）に鵺の声を聞いた時のまじないの和歌（よみつとりわがかきもとになきつとり人みなききつゆくたまもあらじ）が載ることからも類推できるように、鳴き声を聞くことが不吉とされ、「ヌエは、平安時代の貴族社会において、凶事をもたらす「怪鳥」となってしまった」という状態となった。加えて中世にいたって『平家物語』において「ヌエは、「怪鳥」から「怪物」にエスカレートしてしまった」のである。

つまりもの寂しい鳴き声の鳥が、その鳴き声から凶事を連想させて忌まれるものとなり、一方で『平家物語』巻四での化け物の声がヌエとされることからキメラ的な化け物をヌエと呼ぶようになった。

『平家物語』の諸本では、祟られる天皇が近衛天皇だったり、二条天皇だったりと違いがあり、また、源頼政と連歌を唱和する公卿の名などにも小異が見られるが[*4]、頼政の化け物退治、手柄話という側面は変化していない。そして、そういった『平家物語』の文脈通りの頼政の手柄は能「現在鵺」に描かれ、演じられる。しかし、一方、能「鵺」では退治される側の鵺に力点が置かれ、鵺は主人公となり、この能は敗者の視点で物語が展開していることが特徴となっているのである。

二　夢幻能・現在能について

では、能全体から見た「鵺」はどのような位置にあるのだろうか。まず、曲目の分類に沿って、能「鵺」がどのような性格の曲かを見てみよう。『新版　能・狂言事典』[*5]によると、現行の「鵺」は「五番目物、鬼物、太鼓物」である。「五番目物」とは演能の催しでの最後の演目として置かれることが多く、最後にふさわしい勢いのある能である。また、「鬼物」とは、シテが「鬼」の類いであり、「太鼓物」とは、シテが「鬼」など非現実の存在である場合、それにふさわしく太鼓の囃子が入る能でもある。「太鼓物」は、シテが神の場合もあり、人間を超える存在がシテとなる場合に多い。つまり、シテの鵺は怪異の視点からは「化け物」とも解釈できるが、能の枠組みでは「鬼」とも解釈できるということである。しかし、「鵺」自体は「鬼」というにはあまりに悲しい存在である。現代の分類では救い取れないものが「鵺」にはあるのではないだろうか。

一方で、能の分類には、「夢幻能」「現在能」という分類がある。構造・内容によって能を二つに分ける基準で、かなり大きな分類となるが、能という芸能の性格を示唆するものとして重要な分類である。この用語は近代になり作られたものであるが、[*6]その指し示す構造・内容は、能の大成期、つまり世阿弥の時代にもさかのぼれるものであることが、先行研究によって明らかになっている。

まず、典型的「夢幻能」の特徴である。

> 主人公は超現実的存在（神・精霊・人間あるいは鬼畜の霊）の化身として人の姿で現れ、行き合った旅人（僧侶の場合が多い）に、自らの本体の物語やその場所にまつわる物語を語り、後半その本体を現し、自らの物語を再現し、もしくは舞を舞う。終幕で、すべてが旅人の見た夢や幻だったと暗示して一曲は終わる。

『新版　能・狂言事典』「夢幻能」で小田幸子氏は、「夢幻能」の「考案者は明確でない」が、「様式を完成させたのは世阿弥である」と述べている。また、〈夢幻能〉が成立した経緯について、以下のように各説をまとめている。

観阿弥（一三三三〜八四）時代にはまだ夢幻能は成立していなかったらしいが、現実の場に神や鬼や霊の本体が出現する作はあり、そうした形態から夢幻能が形成されたと推定されている。夢幻能のそれぞれ成立事情に関しては、さまざまな角度からの考察がある。たとえば、憑物の形で過去の人物を描く形態が先行し、やがて過去の人物そのものを登場させるようになったとの説（前場の化身と後場の本体は、憑かれる者と憑く者を分離させたところに生じたとの見解もある）、罪障懺悔のために過去を語り演じるような形態が徐々に宗教色を薄めて、夢幻能の特徴である過去再現の構想が完成したとする説などである。また、延年小風流の神霊影向形式や、現世で合戦に従った者の亡霊が死後の苦しみを訴える説話類が、脇能と修羅能（修羅物）の成立に影響を与えたともいわれる。

このように、様々の説はあるが、世阿弥以前の時代から続く芸能である延年での小劇や、憑依して過去の罪を嘆く亡霊の説話などを舞台に載せ演じていたのが、きっかけであったと考えてよいだろう。世阿弥の属する観世座つまり大和猿楽はものまねが芸の中心だったこともあり、鬼や亡霊を演じるのが得意であったと思われる。しかし、現代とは違って、照明も音響も何もない舞台で、これらを観客にいかに伝えるかが、能役者たちの差し迫った問題であったことは、想像に難くない。下手なものまねは、かえって稚拙に感じられるものである。そこで、世阿弥は、ものまねを超えた演技の方向性を「歌舞」に見いだしていったのではないだろうか。小田氏は

夢幻能は音楽的・舞踊的であると同時に、物語的・劇的であることを追求した結果生み出された能独特の劇形態であったといえよう。

と述べている。夢幻能という形式をとる事によって、回想によって、物語を引き出すかたちとなり、神霊などの

本体が舞台上に説得性をもって現れることになる。しかもその本体の舞がうまく劇の中に納まるのである。世阿弥は、彼の能楽論書の中で、繰り返し、「歌舞二曲」の重要性を説いている。世阿弥の「歌舞」への傾倒については、すでに多くの研究が積み重なっているが、ここでは触れないこととする。

夢幻能に対する概念が現在能である。「現在能」は、主人公が霊の化身ではなく、現在の演劇と同様に、演者が物語の中の人物を演じ、時間経過も回想ではなく、舞台上で実際の時間が経過していくという構造になっている。「現在」という用語について、小田氏は

「現在能の名称は、《鵜》と《現在鵜》、《巴》と《現在巴》のように、同一人体の霊と現在身が登場する二曲がある場合、後者に〈現在〉の語を冠して区別した習慣に基づく。[*7]

と歴史的経緯を含めて指摘している。ここで「鵜」については夢幻能の一つであることを強調しておきたい。また、「現在鵜」は、現行では金剛流のみの曲であり、室町中期の金春禅鳳の『反古裏の書』にこの曲に対する言及があり、そこから類推すると、世阿弥作の「鵜」の方が先行すると思われる。それはともかく、世阿弥の現在能に対する制作態度として、小田氏は、以下のように述べている。

世阿弥が力を注いだのが物狂能である。登場人物の削除、構成の整備を施して古作を改作し（《柏崎》《丹後物狂》など）、《花筐》《班女》などを制作して物狂能の様式を完成させた。

つまり、物狂を素材とした現在能が、世阿弥の好む「歌舞二曲」を備えるものとして、現在に残っているのである。一方、「鵜」は「歌舞二曲」を兼ね備えた能とは言い難いのではあるが、「鵜」における世阿弥らしい特徴

とは何であったのだろう。

三 修羅物について

能に、修羅物という分類がある。味方健氏は『新版能・狂言事典』の「修羅物」の項において

修羅は阿修羅の略。世阿弥の伝書に「修羅・闘諍」と熟して用いられているように、もと仏法守護の内道（たとえば凡天、帝釈天等）と仏法障礙の外道との争いを描くに発する。鎌倉時代の代表的寺社芸能〈延年〉に原型とみられるものがあり、現行能の《舎利》《第六天》《大会》などは、それに比較的忠実な末流ということができる。世阿弥の執心物、ことに鬼畜物ではあるが、《鵺》あたりに人間修羅の出現する兆しがあり、直接には、井阿弥の原作を世阿弥が改作した《通盛》に、武者がその執心ゆえに修羅道に落ちて苦しむというパターンが始まる。（後略）

と解説している。世阿弥も意識していた素材の概念であり、原型は能よりも古いと思われる。たとえば、例として挙げられる能「舎利」は仏舎利を守る韋駄天と仏舎利を狙う足疾鬼との戦いの能であり、その終末部の詞章は、

さばかり今までは。足早き鬼の。いつしか今は。足弱車の力も尽き。心も茫々と起き上りてこそ。失せにけれ。

となっており、この能は、いわゆる仏敵としての鬼を退治する様を見る能である。ここには、鬼に対する哀れさは見られず、まして鬼は往生できないと嘆くわけでもない。一方、「鵺」では「人間修羅の出現する兆し」があ

ると味方氏は指摘している。つまり、次第に、鬼退治から転換していく修羅物ができてくるということではないだろうか。退治したものの行方を考え、退治されたもの自身が悩み苦しむ「鵺」の造形が、修羅道へ落ちる苦しみを救済してほしいと願う修羅物の先駆けとして出来てくるのである。
とはいうものの、「鵺」は修羅物の先駆けという位置づけにおさまるものなのだろうか。

四　修羅物の終末部から見る救済

ここで、世阿弥前後に作られた修羅物の能の終末部を比較してみる。まず、古作を世阿弥が改変した「通盛」である（本文は『新潮日本古典集成』より）。

菩薩もここに来迎す　成就得脱の　身となり行くぞありがたき　身となり行くぞありがたき

「通盛」では、往生の意の「成就得脱」が示される。これは、前シテの舟人と老人、実は通盛と小宰相が既に方便品の偈「皆令入仏道」を与えられていることに対応した末尾である。仏道への賛美が見られ、修羅物の原型を思わせる末尾である。改作ということは、前作の筋を承知している観客も多くいたので、世阿弥は末尾は改めていないのではないだろうか。

世阿弥作の修羅物は、「忠度」「頼政」「実盛」「敦盛」「八島」「清経」などがある。以下に終末部の詞章を列挙する。（本文は『新潮日本古典集成』より、ただし「敦盛」「清経」は旧大系*8）

今は疑ひよもあらじ　花は根に帰るなり　わが跡弔ひてたび給へ　木蔭を旅の宿とせば　花こそ主なりけれ

（「忠度」）

跡弔ひ給へおん僧よ　かりそめながらこれとても　他生の種の縁に今　あふぎの芝の草の蔭に　帰るとて失せにけり　立ち帰るとて失せにけり（「頼政」）

篠原の土となつて　影も形もなき跡の　影も形もなむあみだぶ　弔ひて賜び給へ跡弔ひて賜び給へ（「実盛」）

法事の念仏して弔はるれば　終には共に　生まるべき、同じ蓮の蓮生法師　敵にてはまかりけり　跡弔ひてたび給へ　跡弔ひて　たび給へ（「敦盛」）

鬨の声と聞こえしは　浦風なりけり高松の　浦風なりけり高松の　朝嵐とぞなりにける（「八島（屋島）」）

疑もなく　げにも心は　清経が　げにも心は　清経が　仏果を得しこそ　有難けれ（「清経」）

これらの能と、前述の「通盛」との違いは、傍線に示したように「跡弔ひてたびたまへ」という願いが置かれているということである。これらの能は多くはワキが僧であり、中入り前あたりに「手向けの声」「成仏疑いなし」「ありがたき法を受け」「仏果を得る」などの文句はあるが、修羅道に落ちているはずのシテは弔いを「願」って消えるのである。「通盛」のように往生を遂げて成仏していくようには描かれていない。このような終わり方は、成仏に一抹の不安の残る終わり方といえるのではないだろうか。

例外としては「清経」があるが、これは、清経の死に方が影響しているのではないかと考える。入水ではあるが、清経の最期が描かれる場面に「南無阿弥陀仏、弥陀如来。迎へさせ給へと。唯一声を最期にて。舟よりかつぱと落汐の。」とあり、念仏を唱えながらの入水であることが示されている。つまりこれは臨終正念、つまり往生すべき作法にのっとっての死となっているので、このような表現となっていると考えられる。また、この中では「清経」のみが一場物であることも影響しているのかもしれない。

世阿弥より後の時代の金春禅鳳作「生田敦盛」でも、

急ぎ帰りてなき跡をねんごろに弔ひてたび給へと　泣く〳〵袂を引き別れ　立ち去る姿はかげろふの　小野の浅茅の露霜と形は消えて失せにけり

（本文日本名著全集『謡曲三百五十番集』）

とあり、同じく金春禅鳳作の「巴」では

涙と巴はただひとり、落ち行きしうしろめださの、執心を弔ひて賜び給へ、執心を弔ひて賜び給へ

（本文は旧大系）

と、自らの死後を「弔」うことを願う終わり方である。また、作者不明ではあるが、長享二年（一四八八）に演能の所見があり、室町中期の作とされる「経正」では、

嵐と共にともし火を吹き消して、暗紛れより、魄霊は失せにけり、魄霊の影は失せにけり

（本文は旧大系）

とあり、終末部には、弔いの願いは示されず、経正の霊は暗闇の中へ消えていくのである。

以上のように、すべてというわけではないが、修羅物の能には、シテの成仏の様子そのものが描かれることが少ない。シテは成仏への願いを示しつつ消えていくのである。

五　能「鵺」の終末部と和泉式部「くらきより」の和歌

いままで、世阿弥周辺の修羅物の能の終末部を見てきたが、それらの能は「跡弔ひてたび給へ」などの成仏への強い願いを示しつつ、シテは退場している。この「鵺」の終末部もそれらと同列の表現と考えてよいだろうか。以下に「鵺」の終末部の詞章を挙げる。

われは名を流す空舟に　押し入れられて淀川の　淀みつ流れつ行く末の　鵜殿も同じ芦の屋の　うらわのうきすに流れ留まつて　朽ちながら空舟の　月日も見えず暗きより　暗き道にぞ入りにける　遥かに照らせ山の端の　遥に照らせ　山の端の月とともに　海月も入りにけり　海月と共に入りにけり。

大意としては、鵺がうつほ舟、箱のかたちをしている舟に押し入れられ、都から淀川へ流され、鵜の浮巣のように、留まったものの、うつほ舟に閉じ込められたまま朽ち果てていくばかりであり、暗い場所からさらに暗い道へと入ってしまった。山の端の月よ、遙かに照らして欲しい、その月が山の端へ入ってしまうと、海に映った月も山の端に入ったように光を失い、海に入ってしまったのである、ということになろうか。「海月と共に入りにけり」で、鵺が消えていったことを述べている。

ここには、和泉式部（九七六年以降～一〇三七年以前）の和歌「暗きより暗き道にぞ入りぬべき遥に照せ山のはの月」（『拾遺和歌集』哀傷、一三四二番歌　詞書「性空上人のもとによみてつかはしける」本文は『新編国歌大観』より）が引用されている。この和歌は、第三句が「入りぬべき」となっている。意味は「このままでは、暗い道つまり往生から遠い方の六道へと、きっと入って行ってしまうだろう」というものである。第三句を受ける下の句「遙に照せ山のはの月」では、後場の最初で「真如の月」ともいわれる、悟りの境地を象徴的に示す「月」に願いを掛け、「暗い道へ入る前に、私を照らして救ってほしい。山の端の月よ」という意味を表す。この和泉式部の和歌は、六道を思わせる「暗き道」へ入ってしまいそうな自らの救済を願う和歌なのである。かろうじてまだ、「暗き道」へは入っていない状態と解釈できよう。

一方、能「鵜」では、「暗き道にぞ入りにける」としており、「暗い道へと入ってしまった」と解せる。さらに「海月と共に入りにけり」とある。「共に入」るのは鵜か、それとも月なのか。鵜は悟りを象徴する月と共に悟りへと導かれたとも解せるかもしれないが、一応「海月」の意味を確認しよう。『日本国語大辞典』[*9]によると、まず1として「海上の空に見える月」の意があるが、この場合は、「山の端の月」が別にあるのでこの意味ではとりにくい。2には「海に映っている月の影」とあるが、用例としては能「鵜」のみである。3に「くらげ（水母）」の異称という意が示され、用例も平安初期の『本草和名』が挙げられているが「入りにけり」という能動的な動詞に合う生物とも思われない（伊藤正義氏は「クラゲ」の持つさまようイメージを重ねていると取る）[*10]。消極的に、2の意を取らざるを得ないが、その場合「海月」は、あくまでも月の「映っている」「影」であり、悟りを表す「真如の月」そのものと見るには弱い。要するに、ここでは、鵜の成仏は明言されておらず、未だ保留の状態とされていると解してよいだろう。『新潮日本古典集成』の校注者である伊藤正義氏は、この部分を「月が没すると共に、山とも海とも知らぬ暗黒世界の中に姿を消したことをいう」と解している。おそらく伊藤氏も「暗き道にぞ入りにける」の文句を重くとらえ、このような解釈にいたったのだろうと推測する。

先の修羅物は、もと人道にいた武者たちがシテであり、変化、化鳥とされる鵜は、人の場合と扱いが違うのではないか。世阿弥は超えがたい壁という物を設定していると思われるのである。たとえば、能「鵜」の後場のはじめに、僧は

一仏《いちぶつ》成道《じょうどう》観見《かんけん》法界《ほうかい》。草木国土悉皆成仏。有情非情。皆《かい》共《ぐ》成仏道《じょうぶつどう》。頼むべし

とすべてのものの成仏が可能だと唱え、鵜へ向けて「頼むべし」と仏道への帰依を強く勧める。しかし、それを

受ける鵺のことばは「頼むべしや」である。「や」は疑問であろう。鵺自身が成仏への不安を示しているのである。前述のあらすじの部分で述べたように、後場の仕方話では、鵺の立場からの語りが展開される。この中で、「仏法王法の障り」を成そうとした自らが退治された理由として「君の天罰を当りけるよと今こそ思ひ知られれ」と鵺は述懐する。この語りの中で鵺は罪を自覚し、救われないと自覚するとみてよいのではないか。この救われないという自覚が終末部の「暗き道にぞ入りにける」「海月と共に入りにけり」などの表現へとつながっていくのではないか。先に見てきた修羅物においても、成仏への一抹のためらいがちりばめられているとみるならば、世阿弥は、成仏や悟りといった救済は非常に難しいことであり、その困難さを描くことこそ観客へ訴えかけるのだと考えていたのではないだろうか。

おわりに

延年などの鬼退治の劇の伝統は続き、世阿弥以後も、鬼退治の能は観世信光の「紅葉狩」や、作者不明の「安達原」などが作り続けられている。しかし、それらは風流能のような観客の耳目をおどろかす鬼退治のレベルに留まり[*11]、「鵺」のような、罰を受けて殺され、まして浄土へ行けず、死してなおさまよう辛さを何とかしたい、何とかして欲しいといった自力・他力の救済への願いに満ちた能ではなかった。

世阿弥の能には、成仏へと向かう修羅、成仏を願う修羅、成仏をあきらめる鵺と、成仏への壁が実は描かれている。成仏への道に区別のある仏教の限界を世阿弥はことさらには指摘しようとはしない。しかし、冷静に彼の能のことばを探ることで、世阿弥は、更なる劇的世界を我々の前に示すのである。

注

＊1 『謡曲集』中（新潮日本古典集成、伊藤正義校注、新潮社、一九八八年）
＊2 島津忠夫「作品研究『鵺』」（『観世』一九八六年〔昭和六十一年〕三月号）
＊3 山口仲美『ちんちん千鳥のなく声は』「虚空にしばしひひめいたり——ヌエ」（大修館書店、一九八九年、後に講談社学術文庫、二〇〇八年）
＊4 桜井陽子『平家物語大事典』「鵺」の項（東京書籍、二〇一〇年）
＊5 『新版　能・狂言事典』（西野春雄・羽田昶編、平凡社、初版一九八七年、新版二〇一一年）「鵺」の項は松本雍執筆
＊6 天野文雄『現代能楽講義』「夢幻能と現在能」（大阪大学出版会、二〇〇四年）
＊7 注5同書、「夢幻能」の項。
＊8 『謡曲集』上下（日本古典文学大系四十・四十一、横道萬里雄、表章校注、岩波書店、一九六〇〜一九六三年）
＊9 『日本国語大辞典』（第二版、小学館、二〇〇〇〜二〇〇二年）
＊10 注1に同じ
＊11 以下に終末部の詞章を示す。
「紅葉狩」剣に恐れて巌へ上るを　引きおろし刺し通し　忽ち鬼神を従へ給ふ　威勢の程こそ恐ろしけれ。（観世信光作）
「安達原（黒塚）」言ふ声はなほ物すさましく　言ふ声はなほ　すさましき夜嵐の　音に立ち紛れ失せにけり　夜嵐の音に失せにけり（作者不明〔寛正六年〔一四六五〕所見〕シテは女から鬼の正体を現し、ワキの那智の山伏が仏法によって祈り伏せる。）

参考文献

・『謡曲集』上中下（新潮日本古典集成、伊藤正義校注、新潮社、一九八三〜一九八八年）
・『謡曲集』上下（日本古典文学大系四十・四十一、横道萬里雄、表章校注、岩波書店、一九六〇〜一九六三年）
・島津忠夫「作品研究『鵺』」（『観世』一九八六年〔昭和六十一年〕三月号）

・山口仲美『ちんちん千鳥のなく声は』「虚空にしばしひひめいたり――ヌエ」（大修館書店、一九八九年、後に講談社学術文庫、二〇〇八年）
・桜井陽子『平家物語大事典』「鵺」の項（東京書籍、二〇一〇年）
・姉崎正治「謡曲に於ける佛教要素」（『能楽全書』第一巻、東京創元社、新訂版一九八〇年）

死なせぬ復讐譚
―『万の文反古』巻三の三「代筆は浮世の闇」を巡って―

佐伯孝弘

はじめに

西鶴の遺稿作の一つ『万《よろづ》の文反古《ふみほうぐ》』（元禄九年（一六九六）刊）は、各章がそれぞれ設定（差出人と受取人、及び差出人を取り巻く状況）の異なる一通の手紙の形式を取り、全十七章から成る書簡体小説である。日本には書簡体小説の古典文学はあまり多くない、西鶴以前に仮名草子『薄雪《うすゆき》物語』（作者未詳、慶長末年（一六一六）以前成）があり、その影響を受ける作品が何作か出るものの、いずれも特定の男女間での恋文のやり取りという、艶書体の悲恋小説。よって、『万の文反古』は西鶴が小説の結構（全体の構成や趣向）の面で、画期的な工夫を施した作と言える。

小論では、その中から巻三の三「代筆は浮世の闇」を取り上げ、若干の考察を加えてみたい。

一 巻三の三「代筆は浮世の闇」の梗概

当該の章は、「死なせぬ」ことによる復讐という、珍しい怪異譚である。まず梗概を挙げる。

京の郊外に一人住まいをする盲目の男が、越前府中に住む弟へ宛てた代筆の手紙。亡妻の親戚である禅僧に懇意にしてもらっており、その禅僧が越後へ行くというので手紙を託したもの。まず、かつて亡妻の讒言を真《ま》に受けて一人しかいない弟を出家させ家から追い出したこと詫びる。亡妻も四、五年前になくなっているので許してやって欲しいと記している。その後、自身が盲目の惨めな境遇となったいきさつを吐露する。

三条通に酒と紙の店を出している頃は暮らし向きも悪くありませんでした。ある時大名の買い物使いらしい侍が紙を買いに来て、財布を置き忘れて行きました。財布には百九十両余りもの大金が入っていました。欲心から着服し知らぬふりをして、その侍が足早に戻り置き忘れた旨言っても、何もなかったと答えました。侍は「是はわたくしの金銀にあらず。主命《しゅうめい》なれば、此そこつ、武士の一分《ぶん》立がたし。是非に給はれ。此恩はわすれじ」*1と武士が町人に頭を下げて懇願しましたけれども、却って言い掛かりのように白《しら》を切り通して追い払いました。二時間程して侍が再び、生きた烏《からす》を一羽持って来て、「お前が隠し通すつもりなら将来こうなるぞ」と、烏の両目を脇差で刳《えぐ》り出し、私に投げ付けて帰りました。侍は四、五日後に黒谷の奥で切腹しました。世間でそれが悪い噂となってそのまま住み続けられなくなり、家屋敷を売り払って嵯峨へ転居。「せめては念仏申、我心のおそろしきをひるがへさん」と出家し仏道精進するところに、ある晩盗賊が入って一生の貯えを全部取られてしまい、鉦叩きの乞食坊主として暮らすしかなくなりました。生きる甲斐もなく「菟角《とかく》身を果《はた》して、後《のち》の世をたすからん」と決心し広沢の池に言って入水しようとすると、例の侍が現れて

「此世をのがれたき所存おもひもよらず。此一念のかよふうちは、眼前に恥をさらさせん」と言って取り憑《つ》いて邪魔をします。帰宅後に舌を噛もうとしても食物を断っても、侍が妨げて死ねません。このことを会う人毎に泣いて懺悔するうち、烏に両眼を突かれ盲目になってしまいました。村の子供達相手に小唄を歌って果物を恵んでもらい何とか露命を繋いでいるものの、明日はどうなるか分かりません。兄弟のよしみで、私の死後、一遍の念仏供養をお願い致します。

三月晦日　　嵯峨野　自心

越中府中　浄行坊

まゐる

「代筆は浮世の闇」挿絵

二　話の典拠

本話は、浅井了意作の『堪忍記』（万治二年（一六五九）刊）巻八の二十五の八「唐の餘干商人の遺金をかへし金を得たる事」が典拠として指摘されている[*2]。以下のような話である。

唐の国に餘干という、極めて貧しい船頭がいた。ある時、船に乗せた商人が船に三百両の入った袋を置き忘れた。商人が慌てて舟に戻り「船中に袋がなかったか」と尋ねると、餘干はすぐに袋を返した。商人は涙を流して感謝し、謝礼に金の半分を渡そうとする。しかし、餘干は一両も受け取らなかった。餘干の息子は「思いがけない宝が手に入ったのに、なぜ返すのか」と腹を立てるけれども、餘干は「よこしまな金を得ては天罰を受ける」と応ずる。その直後、陰徳の報いとして、餘干は川底から五百両入りの革袋を拾得し、大金持ちとなる。

吉江氏は、西鶴がこの話の拾い主の対応（正直に返すか否か）を逆転させて用いた由指摘される。西鶴は自作中で他にも『堪忍記』を利用しており、吉江氏の指摘は首肯されよう。加えて、気になる実話もある。儒学者の藤井懶斎《らんさい》の随筆『閑際筆記』（正徳五年（一七一五）刊）上巻に、盲人が百両もの大金が入った財布を落としたのを、下級武士が拾って返してやり謝礼も受け取らなかった話が載る。本文を挙げる。

寛永中ニ、勢州桑名ノ城、微賤ノ士ニ、川田氏（割注）平左衛門ト号。」金百余両ヲ水浜ニ拾イヱタリ。翌旦一瞽者《コシャ》ノ物ヲ其ノ処ニ探リ索《モト》ムルヲ視ル。問フテ曰ク、「瞽者何ヲカ求ム。」瞽乃チ泣ヒテ曰ク、「我ハ是坂東ノ瞽ナリ。官ヲ京師ニ買ハント欲ス。昨暮船ヲ下リ、金嚢ヲ遺失ス。此ノ金ナケレバ京ニ往クコト能《アタ》ハズ。又国ヱモ還ルベカラズ。進退維《コヽ》ニ谷《キハ》マル。故ニ之ヲ探リ求ム。」川田其ノ金数ヲ問ヘバ己ガ拾フ所ノ物ト合ヘリ。遂ニコト〴〵ク之ヲ還《カヘ》ス。瞽者感喜シテ三分ノ一ツヲ留メテ、恩徳ヲ謝セント請フ。川田固ク拒ミテ一金モ受ケズ。仁ナル哉《カナ》川田也《ヤ》。有徳《イウトク》ノ者ニ有ラズンバアタハジ。*3

侍と盲人の話である点が気になる。『万の文反古』より後の刊ではあるものの、寛永年中（一六二四〜四四）の出来事だと記す。ひょっとして評判になっていたり他書にも記事が載っていたりして、西鶴の知るところだったやもしれぬ。そうして、落とし主（盲人）と拾い主（侍）の身分、拾い主の対応をそれぞれ逆にして、西鶴が利用した可能性もあろう。

三　復讐の仕方への疑問

西鶴の話を読むと、なぜ烏が主人公を襲い目をつぶすのか、そしてなぜ侍の幽霊は復讐として死なせないのか、という疑問が湧く。

まず前者については、烏の別名が抜目烏と言い、地獄で罪人の目を抜くとされていたこととの関連が指摘されており[*4]、杉本好伸氏により具体的に『往生要集』「阿鼻地獄」の大烏が嘴で罪人の目の玉を抜き食らう場面や、『太平記』巻三十五「北野通夜物語」の烏が嘴で罪人の目をつつき抜く場面からの影響が指摘されている[*5]。なるほどと思われる御指摘である。加えて、仏教で盲目を業病《ごうびょう》（悪因の報いである病）の一つとする観念があったこと（『法事讃』『因果和讃』など）や、先行説話の中に相手の目を潰す復讐譚があること[*6]も関係していよう。襲う鳥が烏である点については他に、烏が熊野神社の使いとされ、誓紙《せいし》に用いられた牛王法印《ごおうほういん》に烏が図案化されていることなどから、西鶴が思い付いた趣向かという指摘もある[*7]。そもそも烏は、古来太陽と結び付くなど神聖視される一方、〈烏鳴きが悪いと人が死ぬ〉という俗信が存在するように不吉な凶鳥のイメージの方が強い[*8]。侍が恨む相手（主人公）を呪う象徴として烏を使っても不思議でない。問題は後者の方である。

初めに侍の心情と行為に焦点を当ててみよう。侍が百九十両もの大金を紛失したとあっては、まさに武士の〈一分〉が立たない。切腹して、責任を取ると共に決して不正・故意に私した訳でないという〈身の証《あかし》〉を立てるしか、侍に道はない。「どうせ死ぬ気なら、主人公を斬って恨みを晴らしてから自害すれば良い」と思う向きもあるやもしれないが、そうはいくまい。財布を猫ばばしたという証拠がないのに主人公を斬り殺してしまったら、侍は「殺人者」の汚名まで着て、しかも仕える藩の家名まで汚してしまう恐れがある。

侍は恨みの一念から、怨霊となって主人公へ復讐することを誓って自死したに違いない。死ぬ前の烏の目を刳る残虐な行為や主人公に対し発した捨て台詞《ぜりふ》（「其方隠すにおゐてはゆくするゑを見よ」）から、明らかにそう推定できる。自ら成仏を拒み魔道に墜《お》ちる道を選んだと言える。[9] 魔道に棲む者は、天魔（魔王）であり、天狗である。鼻高天狗から召し使われるのが烏天狗。侍が烏を復讐の予告や実行に使っていることに符合する。

近世前期怪異譚中の、復讐を誓って自害する類話には、西鶴より後だが『御伽人形』（苗村松軒作、宝永二年（一七〇五）刊）巻三の二「短慮後悔の涙」（我が子を無実の罪で主人に殺された母親が「自分は鬼となり、殿の家を滅亡させようと思う。一念が届いたならば、この胡麻に花が咲くだろう」と言い、炒《い》った胡麻を蒔《ま》いて自害。蒔いた胡麻は育ち花が咲く）や、『諸国因果物語（別名、近代因果物語）』（青木鷺水作、宝永四年（一七〇七）刊）巻一の三「男の亡念《もうねん》、下女の首を絞《しめ》殺せし事」（下男が自分を袖にした下女に復讐することを誓って自害。女は別の男の子を宿しているが、下男は子に罪はないと考え、女が無事出産した後に女を取り殺した）等がある。

侍が復讐のため恨む相手を死なせない、という趣向の典拠は管見の限り未だ指摘されておらず、谷脇理史氏も「今のところ西鶴以前の作品に例のあることを知らない[10]」とされる。怨霊が恨む相手を殺す話なら枚挙に暇《いとま》がない[11]けれども、逆に死なせぬというのは実に珍しい。西鶴自身の創作である可能性もあろう。

主人公が自害しようとするのは、出家して念仏を唱えていることからも、この世の苦を逃れ往生することを望む行為だと考えられる。侍は主人公に「火の車を待《まて》」と言う。火車《かしゃ》は地獄から死者を迎えに来る車のことゆえ、侍は主人公が当然死後地獄へ行くものと考えている。しかし、大きな罪を犯した主人公であれ、その後それを悔いて、出家し罪を懺悔し念仏する「善行」を一応は積んでいる。浄土教、特に浄土真宗の「悪人正機説」に従えば、善行を積まずともただただ阿弥陀仏にすがりさえすれば、悪人も往生ができる。よって、侍は主人公が往生を果たすかもしれないことを危惧して、主人公を死なせまいとした、つまり自殺妨害は往生を妨げる行為だったとも解せる。

往生を妨げる話ならば、古来幾つもの類話を挙げることができる。例えば、中世説話の『発心集』（鴨長明著、成立年未詳）巻四の七「或る女房、臨終に魔の変ずるを見る事」は、遁世した女房の臨終の際、魔（天魔）が天女や高僧が来迎したと見せかけて、往生を妨げようとする。女房は導師である聖の助けで、無事念仏を唱え息を引き取る。*12

近世前期の怪異譚では、以下のような話がある。

『曽呂利物語』巻一の三「女のまうねん、生《しやう》をかへてもわすれぬ事」

長年修行をしていた僧が女犯の末還俗《げんぞく》したが、改心して再び仏道修行を始めた。その後も女は度々寺を訪問。ある時、僧は病床に。再び女が訪ねて来たので、物詣でと偽ると、女は帰った。その夜、僧は亡くなったので女に知らせると、女は急いでやって来て「あの僧は五百生以前より我々の敵で、成仏すべき所を様々に妨害して来た。今度も死に目に会ったならば往生を遂げさせなかったものを」と怒って鬼神の姿となり、口から火炎を出して天に昇った。

『諸国百物語』巻五の八「狸、廿五のぼさつの来迎をせし事」

東近江の草堂に住む坊主が里へ下る時に、いつも山の狸があとに付いて来て食料を盗む。そこで、いつものように狸が食物を掠め取ろうとする時に、坊主は懲らしめようと食べ物に見せ掛けて焼け石を投げ与えた。狸はそれを食べようとして、ひどく火傷して逃げ去った。その後、坊主の草堂の本尊が光り輝くという不思議が起こり、夢に如来が現れて坊主に火定《かじょう》を促す。坊主はこの夢告を信じ火定の日を決めて人々が参集し拝む中、果たして西方よりの二十五体の菩薩達が来迎。これを見た坊主は自ら火の中へ入って焼け死んだ。人々は尊んだが、突然どっと笑い声が起きる。仏達の正体は狸達の化けたものだった。

『一夜《ひとよ》船』巻五の一「初《はじめ》て入ほとけの道」

備後の国三原の才右衛門は年来罠を仕掛け狐を捕っていたが、僧に諭され殺生をやめ出家し善心と改名。しかし狐やその怨霊に座禅を妨げられ、善心の一門も取り殺される。善心は、「仏道修行を妨げると仏罰が当たるぞ」と言って狐を退散させようとするが、狐達はそれを笑い、逆に「数々の愁いを見せてお前の命も取ってやる」と善心を罵《ののし》る。善心が「仏道は役にも立たぬ」と思い再び殺生人となると、狐達の災いはやみ、一家の病も平癒。実はこれは、俄な菩提心を転じさせて殺生を募らせ、一層の悪報を見せようとする、狐達の謀り事なのであった。

『曽呂利物語』は何代にも生を変えて祟り、『諸国百物語』の狸は坊主の命まで奪い、狐より仕返しが残酷。『一夜船』は善心が殺生人に戻ると自分や仲間がまた殺されるようになるにも拘らず、自分達の命を犠牲にしてまで復讐（往生の妨害）を優先している。いずれも怨念の深さが印象に残る話となっている。『万の文反古』の侍の、己の命や往生を犠牲にした復讐に相通ずる。

『万の文反古』の侍が主人公の死後の地獄行きを確信し全く疑っていないとしたら、死なせないのはどういう意味を持つのか。地獄は獄卒からどんなに責められても「死ね」ず、苦しみが未来永劫続く。とすると、侍は来世の地獄の苦しみは別として、現世において、恨む相手を簡単に殺さず少しでも長くいたぶろうとしていることになる。猫が獲物を捕まえて、食う前に「嬲《なぶ》り殺し」にするのに似ている。例えば、『諸国因果物語（別名、近代因果物語）』巻六の二「夫に不孝なる妻、盲目になりし事」も同想。

京の餅屋三郎兵衛の母は、自身の前職と旧主より扶持を貰えるのを鼻にかけ、夫の長兵衛をないがしろにし、朝から晩までさんざんにこき使った。長兵衛が老いて働けなくなると、土間で草鞋を編ませ満足に食事も与えなかった。長兵衛は飢え凍えて死ぬ。その後、長兵衛の亡霊が現れて妻に向かい「じっくりと苦しめてやる」と言う。妻の目はつぶれ、手がしびれ、胃癌を煩って二年後に死ぬ。息子の三郎兵衛の商売も傾き夜逃げをした。

鶴屋南北の有名な歌舞伎『東海道四谷怪談』のお岩の怨霊が、恨む相手の夫伊右衛門をすぐには殺さず、周囲から殺していき伊右衛門を追い詰めて行く筋立ても想起される。

次に、『万の文反古』の主人公の側に焦点を当ててみよう。主人公の前に本当に侍の幽霊が現れていたのだろうか。というのも、いくら幽霊が邪魔するといっても、食事を断ったら必ず死ぬはずである。それでも死ねないというのは、実は主人公の心中にはまだ「生」への執着や「死」への恐怖があり、侍に対する自責の念も相俟って、非現実の幽霊の幻想・幻影を見ている可能性がある。*13 そもそも手紙の冒頭からして、弟を出家して追い出したことを死んだ女房のせいにしている。主人公が本当に改心し達観できているのか、かなり疑問視せざるを得ない。音信不通だった弟に今になって便りを出すのも、自身の罪を懺悔することと死後の供養を依頼することの他に、「こんな状況の自分をできれば助けて欲しい」という願いが隠れているという読み方も、あながち否定できないのではあるまいか。

五　話のテーマ

西鶴がこの話に込めたテーマは、いったい何なのだろうか。神保五彌氏は、主人公の心根に生への執着を読み取り、「人間の生きたいという本能のすさまじさ」と指摘される。[*14] 杉本氏は、「因果を受ける人間がなお心の奥底に潜在させる我欲そのもののおそろしさ」[*15]、「貪欲ゆえの生き地獄」[*16]とされる。中嶋隆氏は当該話の主人公の〈死ぬことのできない恐怖〉を評して、「地獄より現世の方が苦しく恐ろしいという近世の地獄観がうかがわれる」と述べられる。[*17] 篠原進氏は、商売も順調な小商人だった主人公が日頃より金銭欲を膨らませ、大金に触れた瞬間に狂気が稼働する――そうした危険は彼一人のものでなく、「言わば悪への志向は市井の随所に潜んでいたことになる。本話の〈毒〉はそこにある」と見ておられる。[*18]

西鶴の浮世草子は周知の如く、仏教説話を典拠とする章は複数あっても概して仏教色は薄く、且つ怪異の要素を含んでいても怪異が現実を引き立てる道具立てとなっていて、怪異譚らしくない話が多い。そうした点に鑑みれば、西鶴の主たる意図は、右の諸先学の指摘する辺り、即ち、この世の恐怖と狂気にあった可能性が高かろう。

一方で、仏教的な往生の観点からすると、侍は自身の往生を犠牲にして主人公に対する恨みを晴らそうとした。恨みの原因となったのは、言うまでもなく、主人公の悪行（拾ったお金の猫ばば）である。主人公は形の上で出家し己の罪を懺悔してはいるものの、侍の幽霊の妨害がなかったとしても、やはり往生はできそうにない。というのも、当時浄土宗や浄土真宗においても宗祖の教えと異なり念仏を唱えさえすれば往生できるとはせず、徳川の幕藩体制下で教団が生き延びていく必要上、倫理的・道義的な色彩を強めていた。日頃の〈正直〉〈柔和〉〈慈愛〉といった徳目や、悪人の場合しっかり改心した上での〈臨終の正念〉（臨終の際に心が乱れたり、慌て惑うて度を失ったりしないこと）が必要とされていた。[*19] 主人公は全くその域に到達できていない。本話は、主人公と侍が互いに無駄に往生を妨げ合う虚《むな》しい話とも読める。そこに、どうしたら往生できるのか悟り切れない、往生を信じようとしても死ぬのは恐ろしいといった個々の人間が根源的に抱く不安や、往生への道を説く仏教教団側の一種の混乱も投影されていると見るのは、深読みに過ぎようか。

以上、様々に話の持つ意味を想定して来たが、実は作者が込めた意味はさして無く、単に〈変わった復讐〉の奇談に過ぎない可能性すらある。

おわりに

『万の文反古』は、主人公の一人称の文体で書かれる書簡体小説である。手紙は内面を十全に吐露し易い反面、受取人をも差出人自身をも欺いて「虚構の自己」を構えることがある。[*20]そして、既に多くの先学が指摘する如く、『万の文反古』に限らず西鶴作品は、何が主題なのか、作者の立場は——といった点につき、多様な「読み」が可能な、難しさと面白さがある。

加えて、（本稿ではあまり立ち入ることができなかったが）近世は現世観・往生観といった世界観が、中世までとは大きく変化し複層化した時代であった。そうした状況下、何が〈救い〉で、何が〈苦〉なのか——小論で取り上げた話の「読み」も、読者に預けられていると言えようか。

注

＊1　『万の文反古』の本文の引用は、『〈対訳西鶴全集十五〉西鶴置土産　萬の文反古』（明治書院、一九七七年）に拠り、旧字体は新字体に改め、原則としてルビは省いた。以下同様。挿絵も同書に拠る。

＊2　吉江久彌氏「『堪忍記』と西鶴（1）」（『仏教大学研究紀要』六十二号、一九七八年三月）、『西鶴文学とその周辺』（新典社、一九九〇年）に再録。

＊3　『閑際筆記』の本文の引用は、『日本随筆大成〈第一期〉十七』（吉川弘文館、一九七六年）に拠り、返り点の箇所を読み下し、送り仮名を通常の文字の大きさとし、ルビは原則として省いた。

＊4 『〈新日本古典文学大系　七十七〉武道伝来記　西鶴置土産　万の文反古　西鶴名残の友』（岩波書店、一九八九年）谷脇理史氏執筆、脚注、四二二頁。

＊5 「西鶴と雷・地獄――作品背景としての発想基盤――」（『安田女子大学紀要』二十三号、一九九五年二月）。

＊6 例えば、『諸国百物語』（作者未詳。延宝五年（一六七七）刊）巻二の十五「西江伊予の女ぼうの執心の事」は次のような話である。
　近江国の井伊家の武士西江伊予は三年程若い妾を寵愛していた。嫉妬深い本妻は怒りの余り、自身が死後一両日中に夫に復讐する旨言い残して憤死する。葬礼後家鳴りがして、妻の死後三日目に、伊予が厠の中で目玉を刳《えぐ》り抜かれて死んでいた。妾の子が家を継いだ後も家鳴りは続いたが、亡母（本妻）を弁財天に祀ったところ鎮まった。

＊7 『西鶴が語る江戸のミステリ――西鶴怪談奇談集――』（西鶴研究会編、ぺりかん社、二〇〇四年）、中嶋隆氏執筆、当該話解説、二二二頁。

＊8 烏に纏わる和漢の伝承等については、南方熊楠氏「牛王の名義と烏の俗信」（『郷土研究』四巻七号、一九一六年十月。『南方熊楠全集第二巻』〈平凡社、一九六七年〉に再録）、臼田甚五郎氏「〈民俗学へのいざなひ〉烏声余滴」（『国文学』二十一巻一号、一九七六年一月）、鈴木儀一氏「カラス考」（『駒沢短大国文』八号、一九七八年三月）、河野まきこ氏「東アジア圏のカラス」（『万葉集と東アジア』〈國學院大〉一号、二〇〇六年三月）等に詳しい。

＊9 但し、侍は黒谷の地で切腹している。黒谷は法然開基の浄土宗の寺（金戒光明寺）があり、往生を願う念仏者が集う場所。ということは、侍にも、復讐を果たした後に往生したい気持が残っていたとも考えられる。

＊10 谷脇氏『〈西鶴を楽しむ　三〉創作した手紙『万の文反古』』（清文堂出版、二〇〇四年）一九二頁。

＊11 近世前期怪異譚では、平仮名本『因果物語』（鈴木正三作、寛文年間（一六六一～七三）刊）巻二の一「妬《ねたみ》て殺せし女、主《しゆ》の女房をとり殺す事」、『曽呂利《そろり》物語』（作者未詳、寛文三年（一六六三）刊）巻三の四「いろごのみなる男、見ぬ恋に手をとる事」、同巻四の七「女のまうねん、おそろしき事」、『諸国百物語』（作者未詳、延宝五年（一六七七）刊）巻二の一「遠江の国見付の宿、御前《ごぜ》の執心の事」、同巻三の五「安部宗びやうへが妻の怨霊の事」、同巻四の一「端井弥三郎、ゆうれいを舟渡しせし事」、『新御伽婢子』（落下寓居作、天和三年（一六八三）刊）巻三の三「死後《しごの》嫉妬」、『浅草拾遺物語』（落下旅館作、貞享三年（一六八六）刊）巻二の一「其名計《ばかり》の女塚かな」、『諸国因果物語（別名、近代因果物語）』巻二の二「蛇《くちなは》の子を殺

して報《むくひ》を請《うけ》し事」、同巻四の一「腰ぬけし妻を離別せし人の事」、同巻四の四「人形を火に焼《やき》てむくひを請《うけ》し事」、同巻六の一「十悪の人も報《むくひ》を受《うく》るに時節ある事」、『新玉櫛笥《たまくしげ》』（青木鷺水作、宝永六年（一七〇九）刊）巻二の二「頼母子《たのもし》の富札」、『一《ひと》夜《よ》船』（北条団水作、正徳二年（一七一二）刊）巻二の二「詞《ことば》をかはす磔《はりつけ》女」、同巻三の四「御慇懃なる幽霊」、『和漢乗合船』（落月堂操巴作、正徳三年（一七一三）刊）巻六の一「我子讐《わかこのあた》」等がある。

*12 故意・悪意でなく情愛から、結果として往生を妨げてしまう話もある。例えば、『沙石集』（無住著、弘安六年（一二八三）成）巻四の五「婦人ノ臨終ノ障《さはり》タル事」は次のような話。

ある山寺の法師は重い病となり、臨終も間近となった際、端座合掌して念仏を唱える。ところが、この法師と長年睦まじく暮らし心を込め看病して来た妻が、「私を置いてどこへいらっしゃるのか。ああ悲しい」と言って、法師に抱き付く。法師が「心安らかに臨終させよ」と姿勢を正して念仏を唱えようとしても、妻が再び抱き付く。実に見苦しい臨終の迎え方となってしまった。

妻は夫と離れたくない一心だったのだけれども、大切な臨終の場で「正念」（往生を疑わず一心に念仏すること）を乱し、却って夫の往生を妨げてしまった。編者は「魔障ノ至ス所ニヤ」と評している。

*13 本話の幽霊が主人公の抱く幻影とも読めることは、『〈日本古典文学全集　四十〉井原西鶴集　三』（小学館、一九七二年）神保五彌氏執筆、頭注、三三〇頁や、『〈新日本古典文学大系　七十七〉武道伝来記　西鶴置土産　万の文反古　西鶴名残の友』（注4に前掲）脚注、四二六頁に指摘がある。主人公の法名が「自心」というのも示唆的である。

*14 「『万の文反古』の成立の問題など」（神保氏編『江戸文学研究』新典社、一九九三年）。

*15 「『萬の文反古』試論――読みの可能性を求めて――」（『国語国文論集』〈安田女子大学〉二十一号、一九九一年三月）。

*16 注5に同じ。

*17 注7に同じ。

*18 「今まではかくし申候へども――『万の文反古』巻三の三「代筆は浮世の闇」――」（『〈解釈と鑑賞〉別冊　西鶴――挑発するテキスト――』至文堂、二〇〇五年三月）。

*19 笠原一雄編『〈教育社新書〉近世往生伝の世界』（教育社、一九七七年）。同書には、教団の動向に対して、宗祖の教えに立

ち返ろうとする勢力もあったことも指摘されている。

＊20　別稿で論じる予定である。「『万の文反古』考――噓と真の観点から――」（『浮世草子研究』一号、二〇一七年五月刊行予定）。

【付記】本稿は、二〇一四年八月二十八日高麗大学校で行われたシンポジウム「怨恨と呪い、そして和解――東アジアの寃鬼／怨靈――」（高麗大学校民族文化研究院主催）にて、「日本の怪談における〈死と救済〉――近世前期小説を中心に――」と題して行った発表の後半部を増補したものである。

なお、小論及び今回の清泉女子大学での公開シンポジウムの開催は、日本学術振興会二〇一四年度科学研究費補助金（基盤研究（C））「日本文学における「怪異」研究の基盤構築」に拠る研究成果の一部である。

幸田露伴・泉鏡花における「死」と「救済」

藤澤秀幸

一　はじめに――「芸」による「救済」――

嘗て私は『岩波講座　日本文学史』第十二巻[*1]のために「芸・文学・芸術――露伴と鏡花――」なる題の文章を執筆したことがある。日本の近代文学は、近世文学の〈芸〉としての〈文学〉を〈芸術〉としての〈文学〉に改良することから出発し、主としてその延長線上に発展していく、つまり日本近代文学史は〈芸術〉としての〈文学〉の歴史として構築されてきたのである。しかしながら、文学史の中に居心地悪く嵌《は》め込まざるを得ない〈異端〉の作家たちが立ち現れる。明治・大正・昭和の三時代にわたって文学活動を営んだ幸田露伴と泉鏡花はまさに〈異端〉作家の代表格であり、日本文学が失うこととひきかえに近代化を成し遂げたところの〈芸〉というものが露伴と鏡花に共通していることを考察してみた。その第三章「『芸』による救済・『芸』の精神性」の結論だけをここに繰り返せば、幸田露伴は〈芸〉による救済や精神性と深く結びついた〈芸〉を描いているが、泉鏡花は〈芸〉による救済や精神性と深く結びついた〈芸〉を描かなかった。鏡花が描いたのは寧《むし》ろ〈芸〉ゆえの悲劇、〈芸〉の神秘的な境地であった。

今回、再び幸田露伴と泉鏡花を〈救済〉を視座に比較してみようと思う。ただし、前回は〈芸〉を切り口としたのに対して、今回は〈死〉を切り口としている。〈死〉と〈救済〉に着目して両作家の幻想文学の相違点を炙り出したいというのが本稿のねらいである。

二　幸田露伴における「死」と「救済」――『対髑髏』と『土偶木偶』――

幸田露伴の小説『対髑髏』は明治二十三年（一八九〇）一月から二月まで『日本之文華』に連載された、露伴の幻想文学で最も有名な小説である。初出時の題は『縁外縁』であったが、のちに『対髑髏』と改題された。この小説の幻想性は最後に顕《あらわ》れる。〈我〉は雪の中の一軒家に泊めてもらう。〈我〉はその家の美女に誘惑されるが、〈朝日紅《あかく》とさし登りて家も人も雲霧《くもきり》と消え〉、〈我たゞ一人《ひとり》にして、足下《あしもと》に白髑髏《はくどくろ》一つ〉。つまり、夜どおし語りかけてくる美女が、朝日が昇ると一瞬にして家もろとも消え去り、足元には白い髑髏が一つあった、というわけである。美女の正体はこの髑髏だったのか、と読者に思わせた時、幻想性が喚起される。この後、〈我〉は山から里に下りて〈温泉宿〉の〈亭主〉である〈老夫〉に訊くと、そのあたりに家はなく、去年、〈乞食の女〉が目撃されたことを知らされる。その〈乞食の女〉が行き倒れて〈白髑髏〉になり、その〈亡霊〉が〈我〉の眼前に現れた美女だったのではないか、という読みに読者が誘導され、さらに幻想性が増幅されたところで、この小説は幕を閉じる。露伴の只《ただ》ならぬところは〈白髑髏〉の正体らしき〈乞食の女〉を、表現力の限りを尽くしてと言っても過言でない筆致で徹底的に醜く描いて、美女との対比を際立たせていることである。露伴は以下のように〈乞食の女〉を描写する。まずは身なりから筆を揮《ふる》い、〈色目も見えぬほど汚れ垢付《あかつき》たる襤褸《ぼろ》を纏《まと》ゐ、破《や》れ笠《がさ》を負ひ掛け足には履物《はきもの》もなく竹の杖《つゑ》によわ〳〵とすがり、談《はな》すさへ忌《いま》はしきありさま〉と書き、次に身体に視線を転じる。〈総身《そうしん》の色薄黒赤《うすぐろあか》く処々《しよ〳〵》に紫《むらさき》色がゝりて怪《あや》しく光りあり、手足の指生姜《しやうが》の根のやうに屈《かゞ》みて筋もなきまで膨《ふく》れ、殊更《ことさら》左の足の指は僅《わづか》に三本だけ残り其一本の太さ常の人の二本ぶりありて其続きむつくりと甲《かふ》までふくだみ、右の足は拇指《おやゆび》の失《うせ》し痕《あと》かすかに見え、右の手の小指骨もなき如く柔らかそうに縮みながら水を持《もつ》て気味あしく大きなる蚕《かひこ》のやうなり、左の手は指あらかた落《おち》て拳頭《こぶし》づんぐりと丸く〉というように、左足、右足、右手、左手と順々に詳細に描写する。手足の次は顔に視線が向けられるのであるが、〈膿汁《うみ》〉によって単なる醜さに留まらなくなる。〈顔は愈〻恐ろしく銅《あかゞね》の獅子《しし》半《なか》ば熔《と》ろけたるに似て、眉の毛尽《ことごと》く脱け額《ひたひ》一体に凸《たか》く張り出して処ゝ《しよ〳〵》凹《くぼ》みたる穴あり、其穴の所の色は褪めたる紫の上に溝泥《どぶどろ》を薄くなすり付《つけ》たるよりまだ〳〵汚《きた》なく、黄色を帯《おび》て鼠《ねずみ》色に牡蠣《かき》の腐りて流るゝ如き膿汁《うみ》ヂク〳〵と溢《こぼ》れ、其膿汁《うみ》に掩《おほ》はれぬ所は赤子《あかご》の舌の如き紅《あか》き肉酷《むご》らしく露《あら》はれ、鼻《はな》柱《ばしら》欠け潰《くえ》て其所《そこ》にも膿汁《うみ》をしたゝか湛《たゝ》え、上唇《うはくちびる》とろけ去りて疎《まばら》なる歯の黄ばみたると痩せ白《しら》みたる歯齦《はぐき》と互《たがひ》に照り合ひてすさまじく暴露《あらは》れ、口の右の方段ゝと爛《たゞ》れ流れたるより頬の半《なかば》まで引《ひき》さけて奥歯人を睨《にら》まゆる様《やう》に見え透《す》き〉という気味悪い様相で、女性の命と言われた髪の毛は〈都《すべ》て亡《な》ければ〉であり、最後に〈右の眼腐り捨《すた》りて是《これ》にも膿汁《うみ》尚乾《かわ》かず、左の眼の下瞼《したまぶた》まくれて血の筋あり〳〵と紅く見ゆる程裏がへり、白眼《しろめ》黄色く灰色に曇り、黒眼は薄鳶色《うすとびいろ》にどんよりとして眼球《めだま》なかば飛出で〉という目の描写によって醜悪の極みが表現される。〈犬も鳥も逃避《にげさけ》る、まして人間は一目見るより胸あしくなり〉、〈呂律《ろれつ》たしかならぬ歌のようなる者をあはれに唸《うな》るを聞《きけ》ば、世に捨《すて》られて世を捨てゝ、叱ゝ《しつ〳〵》と、覚束なく細ゝ《ほそ〴〵》と繰り返し〉、〈空《くう》を睨みて竹杖《たけづゑ》ふりあげ、道傍《みちばた》の石とも云はず樹とも云はず打《うち》たゝきては狂ひまはり、狂ひ躍《はね》ては打《うた》たゝき、瞋恚《しんい》の炎《ほむら》に心を焼《や》き、狂ひ〳〵て行衛《ゆくへ》しれずなりき〉で〈老夫〉の語りが終わる。ここには〈乞食の女〉の〈世に捨てられ世を捨て〉た〈瞋恚〉すなわち怒り恨む心が明記されている。何故に露伴は〈乞食の女〉の醜さをこれほどまでに執拗に描いたのかというと、女が醜ければ醜いほど〈瞋恚〉が深くなるからであろう。尋常ではない瞋恚の炎に心を焼きながら死んでいった女の成仏できない霊が生前の醜女とは正反対の美女となって男を色香で迷わすことで救済されるというのが『対髑髏』の幻想の基本構造である。そして〈我〉は〈残りたる髑髏を埋《うづ》め納め終《をさ》り、合掌《がつしやう》して南無阿弥陀仏《なむあみだぶつ》、南無阿弥陀仏、お蔭さまで昨夜《ゆうべ》は面白うござりましたと礼をのべ〉る。これは成仏しきれない髑髏の主を供養して、成仏という仏教的な救済を施しているわけであり、このような救済は前近代の常套的な死と救済のステレオタイプである。

次に幸田露伴の小説『土偶木偶』を俎上に載せる。『土偶木偶』は明治三十八年（一九〇五）九月二日から十月二十七日まで新聞『日本』に連載された幻想文学である。『土偶木偶』が単行本『潮待ち草』*2に収録された際に「土偶木偶の後に書す」が加筆された。あとがきのような題だが、初出『土偶木偶』の続きである。主人公の卜川玄一郎*3は、大津の古道具屋で、女の遺書とおぼしき掛け軸を買う。その夜、宿屋が火事になり、財布など、掛け軸以外のものを全て失う。京都へ向かう道すがら、何者かに追われる美女を助けようとしたが、逆に倒されて気絶。気づいた卜川はその美女に誘われて、彼女の家に泊まり、歓待を受け、ひとり別室で眠りに入る。翌朝、誰かに揺り起こされて目覚めると、美女と家は消えており、松の木の下にいた。なお、朝になると美女と家が消えてしまうというのは『対髑髏』と同様である。揺り起こしたのは二十歳くらいの農家の娘で、昨夜の美女と瓜二つで〈眼鼻立より姿形《すがたかたち》まで一厘《りん》一毫違《がうたが》はず昨夜《ゆうべ》見し女を其の儘なる〉。しかも昨夜の美女が〈私《わたくし》の左の無名指《くすりゆび》の指輪の下に当るところに、小《ちひ》さな黒子《ほくろ》が一つ御座いまするが、指に黒子《ほくろ》の有ることは少いものと云ひまする、若しも私《わたくし》が生れ代つたなら此の指の此処《こゝ》に此のしるしを持つて、屹度《きつと》あなたのお眼にかゝりましやう〉と言ったとおり、農家の娘の〈左《ひだ》りの無名指《くすりゆび》に所も所、色も色、寸分違《たが》はぬ黒子《ほくろ》一つ、あり〳〵と昨夜《ゆうべ》の女の指に見しが如くに〉黒子があるのである。ただし、娘は口がきけない、耳が聞こえない。卜川は娘の農家の一家団欒に加えてもらい、朝食の膳を施される。ここまでが初出の『土偶木偶』である。この後が書き加えられた「土偶木偶の後に書す」の内容になる。卜川はこの娘と結婚した。〈吾が妻は前世《ぜんせ》に於《おい》て我《わ》が為に情《じやう》に死し、怨気鬱結《をんきうつけつ》して転生《てんせい》して聾唖《ろうあ》となれり〉。つまり、妻は前世で私のために情死した女の転生であった。大津の古道具屋で買った遺書の掛け軸も〈吾が妻の前身の遺書〉だったのである。〈前世の事、詳《くは》しく知るべからずと雖《いへど》も、蓋《けだ》し吾が妻の前身は逼迫《ひよくはく》せられて堪《あた》ふる能はざるに至り、私《ひそか》に奔《はし》つて我を訪《と》はんとして果す能はず、人の獲《う》るところとなつて如何《いかん》ともする能はざるに至り、終《つひ》に恨《うらみ》を含んで自《みづ》から死し、我は讐人《しうじん》の為に凌辱箠罵《りようじよくちば》せられて憤怨悲痛《ふんゑんひつう》して夭《えう》せるなり。〉というのが露伴が最後に仕掛けた種明かしである。前世において、愛し合う男と女がいたが、連れ添うことなく死んでしまった。男は卜川玄一郎として生まれ変わり、女は謎の美女として卜川の前に現れた。美女は自分の転生のしるしは左手の薬指の黒子であると卜川に語って、翌朝、家とともに消えてしまう。そこにしるしを持った娘が現れ、夫婦となる。前世（現世）で死によって成し遂げられなかった幸福を現世（来世）で実現したということである。美女は次のように言っていた。〈此の世で辛《つら》い恐ろしい思ひを仕尽《しつく》して果敢無《はかな》く死んだ憐《あは》れな身に、せめて後生《ごしやう》が無くて何となりましやう〉と。〈恨《うらみ》を含んで〉あるいは〈憤怨悲痛《ふんゑんひつう》して〉〈果敢無《はかな》く死んだ憐《あは》れな身〉を救済するものとして、露伴は〈後生〉を想定している。要するに仏教の輪廻転生である。『対髑髏』を含めて露伴の幻想小説における死と救済は、きわめて仏教的で、したがって伝統的な死と救済に纏わる思想を基盤としていると言えよう。

三　泉鏡花における「死」と「救済」――『化鳥』と『朱日記』――

泉鏡花の幻想文学に特徴的な一つのパターンとして、死にそうな状況からの救済というものが指摘できる。その場合、救済される者は男、特に少年や青年が多く、救済する者は異界の美しい年上の女性が多い。例として、まず、泉鏡花の幻想小説『化鳥』を挙げたい。『化鳥』は、明治三十年（一八九七）四月、『新著月刊』に発表された。主人公にして語り手の〈私〉は、幼い時、橋の番小屋に母と住んでいた。或る時、〈私〉は川で溺れ死にかけたが、助けられた。母は〈私〉を救ったのは〈五色《ごしき》の翼《はね》があつて天上《てんじやう》に遊《あそ》んで居《ゐ》るうつくしい姉《ねえ》さん〉だと言う。〈私〉は五色の翼のある姉さんを探し回るが、見つからない。そして、かつて母が暮らしていたという無人の邸宅まで行き、そこで鳥に変身しかける。〈赤《あか》い口《くち》をあいたんだなと、自分《じぶん》でさうおもつて、吃驚《びつくり》した〉、〈自分《じぶん》の身体《からだ》を見《み》ようと思《おも》つて、左右《さいう》へ袖《そで》をひらいた時《とき》、もう、思《おも》はずキヤツと叫《さけ》んだ。だつて私《わたし》が鳥《とり》のやうに見《み》えたんですもの〉。なお、題名の「化鳥」はこの場面に由来する。その時、母が背後から抱きとめて〈私〉は助かった。美しい姉さんは母だったのではないかと思うようになる。以上が『化鳥』の概略である。川に落ちた〈私〉には、番小屋に〈母様《おつかさん》の坐《すわ》つて在《い》らつしやる姿《すがた》が見《み》えた〉ので、母に私を助けることはできない。溺れた〈私〉を誰が助けたのかは判然としないが、夫の死後に零落した母の人間に対する強い不信感を勘案すれば、自分を助けたのは誰かという息子の問いに対して、〈私《わたし》がものを聞《き》いて、返事《へんじ》に躊躇《ちうちよ》をなすつたのは此時《このとき》ばかり〉とあるように、母が躊躇しているところが重要であろう。赤の他人が息子を助けてくれたことが、母の中に凝り固まった人間不信の思いと相容れず、返答に躊躇したと解するのが妥当であろうが、問題は母がその場を誤魔化すために〈五色《ごしき》の翼《はね》があつて天上《てんじやう》に遊《あそ》んで居《ゐ》るうつくしい姉《ねえ》さん〉が助けてくれたと言ってしまったことにある。この言葉によって〈私〉は五色の翼のある姉さんを探し回り、鳥にメタモルフォーゼする場面へと読者は導かれ、この小説の幻想性が喚起されることになる。〈私〉は川に落ちて溺れるという死にそうな状況から救済されている。

次に泉鏡花の幻想小説『朱日記』を例として挙げたい。明治四十四年（一九一一）一月に『三田文学』に発表された『朱日記』は以下のような内容の小説である。小学校の教頭心得の雑所は、日曜日に、魔所と呼ばれる旧道で、赤い猿の大群を率いる全身真っ赤な魔の人に遭遇する。彼は〈城下《じやうか》を焼《や》きに参《まゐ》るのぢや〉と言う。雑所は慌てて家に逃げ帰った。翌日の月曜日、授業の読本は消火器の話、一週間前から日記を朱で書いており、日記の最後は明日の〈火曜《くわえう》〉という赤い文字。母のいない美少年の宮浜浪吉は、死んだ母の友達だと言う美しい〈姉《ねえ》さん〉から、今日は大火事が起こるので、学校を早退しなさいと言われている。魔の人の言う通り、〈姉《ねえ》さん〉の言う通り、大火事が起こる。〈三時《みとき》が間《あひだ》に市《し》の約全部《やくぜんぶ》を焼払《やきはら》つた〉大火事だったが、浪吉と雑所は助かった。[*4]〈姉《ねえ》さん〉によって浪吉は焼死しそうな状況から救済される。鏡花の文学には、幻想文学であろうがなかろうが、年上の女性による庇護と救済が重要な作品構造となっているものが多い。これは鏡花自身の夢・願望に起因すると考えられる。つまり、鏡花は幼少期に母すずを亡くしており、亡母憧憬の思いが強く、作品の主人公に母のいない少年や青年を充てることが多い。そして彼らは母の代わりとして年上の美しい女性に庇護され救済されるのである。『朱日記』の浪吉は母のいない少年の設定で、年上の女性に救済される。鏡花文学の基本構造どおりである。それに対して、『化鳥』は母親が健在であるという点で、鏡花文学の中において特異なものとして注目すべき作品であるが、五色の翼の姉さんによって年上の女性による庇護と救済という鏡花の夢が語られるとともに、鳥に変身しそうになる〈私〉が母親によって救済される場面から明らかなように、亡母憧憬という鏡花の夢も語られている小説である。鳥にメタモルフォーゼしたと錯覚した後に取る行動を想像すると、鳥への変身、すなわち化鳥は重い意味を持っている。高いところから飛び立とうとして落下し、大怪我ないし死亡する可能性を秘めている。母はそのような悲劇から我が子を救済したのである。

四　泉鏡花における「死」と「救済」——『夜叉ヶ池』と『海神別荘』——

前節で述べたところの、死にそうな状況からの救済とは別の、鏡花文学における死と救済のパターンについてこれから述べる。まず、例として挙げたいのは泉鏡花の戯曲『夜叉ヶ池』である。『夜叉ヶ池』は大正二年（一九一三）一月、『演芸倶楽部』に発表された。夜叉ヶ池の竜神・白雪姫は剣ヶ峰千蛇ヶ池の竜神に恋している。しかし、白雪姫は、祖先が人間と交わした約束によって夜叉ヶ池から出られない。約束とは、人間が琴弾谷《ことひきだに》の鐘を定刻に撞く限り、竜神は池を出てはならないというものであった。若き民俗学者の萩原晃は各地の伝説を集める旅の途中、琴弾谷で百合と結婚し、鐘楼守として住み着いた。萩原の親友の山沢学円が琴弾谷にやってきて、萩原と再会する。今年は日照り続きで、村人たちは百合を雨乞いの人身御供にしようと誘拐する。実は白雪姫も大昔に人身御供にされた娘の化身であった。萩原と山沢が百合を奪い返すが、村人たちに鐘楼へと追い詰められる。百合は〈皆《みな》さん、私《わたし》が死《し》にます。言分《いひぶん》はござんすまい。〉と言って、鎌で胸を切って自死する。ちょうど鐘を撞く時刻となった。萩原は鐘を撞かない。すると、夜叉ヶ池の水が氾濫し、白雪姫の眷属たちが村人たちを皆殺しにする。萩原も百合を追って自ら命を絶つ。

白雪　此《こ》の新《あたら》しい鐘《かね》ヶ淵《ふち》は、御夫婦《ごふうふ》の住居《すまひ》にせう。皆《みな》おいで。私《わたし》は剣《けん》ヶ峰《みね》へ行《ゆ》くよ。……最《も》うゆきかよひは思《おも》ひのまゝ。お百合《ゆり》さん、お百合《ゆり》さん、一所《いつしよ》に唄《うた》をうたひませうね。

忽《たちま》ち又暗《またくら》し。既《すで》にして巨鐘水《きよしようみづ》にあり。晃《あきら》、お百合《ゆり》と二人《ふたり》、晃《あきら》は、竜頭《りうづ》に頬杖《ほゝづゑ》つき、お百合《ゆり》は下《した》に、水《みず》に裳《もすそ》をひいて、うしろに反《そ》らして手《て》を支《つ》き、打仰《うちあふ》いで、熟《じつ》と顔《かほ》を見合《みあは》せ莞爾《につこり》と笑《ゑ》む。時《とき》に月《つき》の光煌々《ひかりくわう〳〵》たり。

学円《がくゑん》、高《たか》く一人鐘楼《ひとりしようろう》に佇《たゝず》み、水《みづ》に臨《のぞ》んで、一揖《いちいふ》し、合掌《がつしやう》す。

月《つき》いよ〳〵明《あきらか》なり。

（――幕）

白雪姫は剣ヶ峰に向かう。学円だけが生き残り、萩原と百合は新しく生まれた鐘ヶ淵の竜神になった。最後のト書きには、〈莞爾《につこり》〉という表情と〈月《つき》の光煌々《ひかりくわう〳〵》たり〉という心象風景によって、転生後の異界が転生前の人間界よりも優位にあることが表現されている。この戯曲の根底にあるものは、醜い人間界への批判である。人間界と異界の二つの世界があり、萩原と百合は人間界で死に、異界に転生することによって救済される。

もう一つ、泉鏡花の戯曲『海神別荘』を例に挙げたい。『海神別荘』は大正二年（一九一三）十二月、『中央公論』に発表された。海底の琅玕殿《ろうかんでん》では、人間界からのお輿《こし》入れを海神の公子が待っている。やがて美女（名無し）が到着。彼女は、父親によって、海の財宝と交換に、海神に捧げられたのであった。彼女は人間界に未練がある。海神に捧げられた者は人間たちには大蛇に見えると言われたが、彼女が人間界に戻ってみると、その言葉通りであった。美女は琅玕殿に戻り、公子に殺してくれと頼む。公子は殺そうとするが、やめる。美女は公子の妻となった。

美女　一歩《ひとあし》に花《はな》が降《ふ》り、二歩《ふたあし》には微妙《びめう》の薫《かをり》、いま三《み》あしめに、ひとりでに、楽《たの》しい音楽《おんがく》の聞《きこ》えます。此処《こゝ》は極楽《ごくらく》でございますか。

公子　はゝゝ、そんな処《ところ》と一所《いつしよ》にされて堪《たま》るものか。おい、女《をんな》の行《ゆ》く極楽《ごくらく》に男《をとこ》は居《を》らんぞ。（鎧《よろひ》の結目《むすびめ》を解《と》きかけて、音楽《おんがく》につれて徐《おもむ》ろに、やゝ、なゝめに立《た》ちつゝ、其《そ》の竜《りう》の爪《つめ》を美女《びぢよ》の背《せ》にかく。雪《ゆき》の振袖《ふりそで》、紫《むらさき》の鱗《うろこ》の端《はし》に仄《ほのか》に見《み》ゆ）男《をとこ》の行《ゆ》く極楽《ごくらく》に女《をんな》は居《ゐ》ない。

——幕——

人間界と異界の二つの世界があること、作品の根底に醜い人間界への批判があること、これらは『夜叉ヶ池』と同じである。『海神別荘』の美女が海神に捧げられ、海底の琅玕殿にお輿入れしたということは、人間界での彼女の死を意味する。彼女は海神の公子の妻として海底の異界で生きていくのである。つまり、彼女は人間界で死に、異界に転生することによって救済されている、それは『夜叉ヶ池』の萩原・百合と同様である。美女が公子に〈此処《こゝ》は極楽《ごくらく》でございますか〉と尋ねる。すると、公子は〈女《をんな》の行《ゆ》く極楽《ごくらく》に男《をとこ》は居《を》らんぞ〉、〈男《をとこ》の行《ゆ》く極楽《ごくらく》に女《をんな》は居《ゐ》ない〉と答える。つまり、美女が転生した海底の異界は極楽ではないということを公子は最後に言っているのである。『海神別荘』において鏡花は、極楽往生という伝統的な仏教的救済を超えた、「死」からの新しい「救済」の型を提示していると言ってよいだろう。

五　おわりに

幸田露伴の幻想文学における「死」と「救済」はきわめて仏教的である。現世での「死」によって幸福や欲望が成し遂げられなかった者を「救済」する方法として露伴は「転生」を選んだ。このような露伴の発想は決して新しいとは言えない、日本に古くからある伝統的なものである。前世も現世も来世も人間界である。人間界から人間界に「転生」しているのである。いわば「水平方向」への「転生」と言ってよいだろう。

他方、泉鏡花の幻想文学における「死」と「救済」には二つのパターンがある。一つは、「死」にそうな状況からの「救済」である。これは露伴の幻想文学には見られない特徴である。年上の美しい女性によって「救済」されたいという鏡花固有の夢から生まれた鏡花文学の基本構造であり、多くの鏡花作品に認められるパターンである。もう一つは、人間界と異界が対立する空間構造を設定し、人間界での「死」が異界への「転生」によって「救済」されるというパターンである。この「転生」は露伴の「転生」と見事に対照的である。『海神別荘』の異界は海底である。人間界の下方に位置している。『夜叉ヶ池』の異界は池の中である。これもまた人間界の下方に位置している。逆もある。鏡花の戯曲『天守物語』[*5]の異界は姫路城の最上階であり、人間界の上方に位置している。『天守物語』の図書之助《ずしょのすけ》は人間界から異界へ「転生」し、姫路城の人間の立ち入りを禁じた最上階で天守夫人と暮らすことになる。鏡花は上下関係に価値観を持ち込みはしていない。単なる空間的な位置関係に過ぎない。下方であれ、上方であれ、要は「垂直方向」への「転生」である。露伴は「水平方向」への「転生」を描き、鏡花は「垂直方向」への「転生」を描いた、これこそが見事に対照的であるとする所以《ゆえん》である。鏡花が描くところの「異界」への「転生」には新しさがある。仏教的な、したがって伝統的な「転生」を否定し、新しい「転生」の型を提示した。その意味で前述の『海神別荘』の幕切れの公子のセリフは重要である。鏡花の「異界」への「転生」の前提には醜い人間界への批判がある。しかし、露伴の幻想文学に鏡花文学ほどの人間界への批判があるだろうか。個のレベルでの満たされぬ幸福と欲望の代償としての「転生」に過ぎないのではないか。「死」と「救済」、そして「転生」という点で露伴文学と鏡花文学を比較するならば、鏡花文学は露伴文学を超えていたと言わざるを得ないだろう。

注

＊1　岩波書店、平成八年（一九九六）二月。

＊2　東亜堂書房、明治三十九年（一九〇六）三月。

＊3　主人公名「玄一郎」が作品の途中から「玄一」に変わっている。本稿では「玄一郎」に統一した。

＊4　『朱日記』については拙論「泉鏡花『朱日記』論序説――〈城下を焼きに参るのぢや〉をめぐって――」（昭和六十三年（一九八八）六月『国語と国文学』六十五巻六号。『日本文学研究資料新集　十二　泉鏡花・美と幻想』（有精堂、平成三年（一九九一）一月）に再録）・「泉鏡花『朱日記』論――「反近代」に至る個人幻想――」（平成元年（一九八九）五月『国語と国文学』六十六巻五号。『日本文学研究大成　泉鏡花』（国書刊行会、平成八年（一九九六）三月）に再録）を参照。

＊5　大正六年（一九一七）九月『新小説』。

【付記】本稿における幸田露伴と泉鏡花の作品からの引用は岩波書店版『露伴全集』および岩波書店版『鏡花全集』に拠った。引用においては、旧字体の漢字は新字体に直し、ルビと歴史的仮名遣いはそのままとした。

Ⅱ 韓国編

朝鮮王朝小説における死と救済の相関性

――「淑英娘子伝」を中心に――

沈致烈

一　はじめに

朝鮮王朝小説の下位分類である愛情小説の類型には多数の作品が属している。男女主人公の愛情話が叙事全体の核心軸として働く作品以外にも、愛情が素材として用いられ叙事の興味を高める作品も少なくない。特に愛情小説は、十五世紀の伝奇小説である金時習作「万福寺樗蒲記《ちょほき》」に登場する梁生と鬼女、「李生窺墻伝《りせいきしょうでん》」に登場する李生と崔氏により始まった。もちろん伝奇小説であるため、非現実的な幻想性と浪漫性が主な特徴である。しかし、以後書かれた男女の愛情小説では、主題的に愛情がいっそう強化され、愛情叙事の多様性が提示された。代表的な愛情小説として「周生伝」、「韋敬天伝」、「淑香伝」、「雲英伝」、「淑英娘子伝《しゅくえいじょうしでん》」、「春香伝」、「沈生伝」

を挙げることができる。中でも「春香伝」は、韓国を代表する愛情小説であり、韓国の浄瑠璃と言えるパンソリとして歌われ始め、以降は小説として定着し、読者に読まれるようになった生命力の強い作品である。このような作品中、本稿においては「淑英娘子伝」[*1]に注目した。この作品は、両班《ヤンバン》の里で知られる安東《アンドン》を舞台に道教的な色彩が濃い、幻想的で非現実的な事件を描いた男女の恋の話である。すなわち奇異談の伝統的な素材を忠実に継承した作品であると言える。天上の仙官仙君と仙女淑英が罪を犯した科で地上へ追い出された後、再会して天上で結ばれた恋を回復していく過程に焦点が当てられている。もちろん愛情小説の多くは、天上から謫降《たくこう》した仙官と仙女が主人公であるが、謫降は主人公の卓越性を目立たせる素材的な装置として使われることがほとんどである。しかし「淑英娘子伝」においては、天上と地上、罪と罰、死と救済という相反する空間と価値が曲尽《きょくじん》されている。この作品がパンソリとして歌われるほど朝鮮時代の読者に人気があったのは、作品の全体にわたって目立つ悲壮美に理由がある。愛情小説において悲壮美は、ある程度有効な美的価値として作用する。

「淑英娘子伝」における悲壮美は、仙君と淑英の子女が描く。実は韓国の古典小説において子供の役割はないと言ってもいいくらいである。もちろん主人公は、一代記という叙述の特徴によって胎夢から成長する過程が簡略に紹介され、そのときには子供時代が描かれる。あるいは作品の末尾に子女をたくさん得て、幸せな一生を送ったというハッピーエンドを描くときにも登場する。ただしこのような子供の描写は、状況の説明に止まっており、叙事の流れを主導しない。しかし本作においては淑英が亡くなる場面に居合わせた幼い娘が事件の中心人物になる。これは他の古典小説にはない変わった設定である。さらに母の死の場面の事実的な描写は、母の死を目の当たりにした娘の悲しさを効果的に表している。本稿では、このような特徴と死・救済との関連性を明らかにする。

「淑英娘子伝」は、作者及び創作年代が未詳である。ただ京板《きょうはん》二十八張本の刊記には、咸豊《かんぽう》庚申、すなわち一八六〇年と記されているので、十八世紀後半以降の成立と思われる。異本も多く、小説本は筆写本百五十余種、京板本三種、活字本四種が確認されており、唱本は辞説が完全に残されているものを数えると四種である。[*2]筆写

本は、全て国文本（ハングル本）であり、漢文本「淑英娘子伝」である「再生縁」があったとされるが現存しない。国文本は、「수경낭자전《スキョン娘子伝》」、「수경옥낭자전《スキョンオク娘子伝》」、「숙향낭자전《スカン娘子伝》」、「낭자전《娘子伝》」というように題目が一致しない場合もあるが、全て同じ作品である。このように題目の異表記は、全部筆写本である。しかし筆写本は異本が多いだけに内容においても相違が見られる。[*3]

筆写本系統が木版本と違う点は、登場人物の名前と身分、仙君が娘子を訪れた際に親にその理由を明かすこと、娘子の葬儀の描写が細かいこと、玉蓮洞の池から娘子が蘇生すること、訴訟事件がないことなどが指摘できる。特に作品の結末においては両者の内容の違いが著しい。筆写本の中には蘇った娘子が親と別居する内容になっていたり、[*4]娘子の葬儀の場面で終わったりする異本までもある。このような場合、救済は行われていない。

本稿においては数多い異本の中、主に作品の最後に救済、つまり再生（蘇生）の様相が明確に表れている「水葬―再生―天上界」系統の筆写本[*5]を対象にした。

二　死へ走る悲壮と救済の臨場感

文学における死は、客観的事実や事件としての死を指すものではない。運命の死、あるいは自然現象の死を指すのでもない。意味のある死に方を通じてその意味を探し、死が及ぼす影響、死を通じて悟る真理、死を越える新しい生などを指すのである。文学における死は生物学的な意味を越えて社会的な意味、宗教的な意味を持つ。それは死んだ人のものではなく生きている人のものである。[*6]「淑英娘子伝」は長さから言うと長編ではないが、叙事展開上、全ての場面が有効な意味がある作品である。つまり不必要な場面がほとんどない。作者未詳の作品ではあるが、天上界と地上界の構造的な流れの中に、この作品だけの独特な個性が表れている。特にこの作品は、他の作品に比べて死の前後が事実的に描かれ、叙事進行の中でこのような描写が占める割合は高い。一方、淑英娘子は梅月の謀略にかかり自決する羽目になる。幸いにも自決の前に誤解が解かれ舅の相公に謝罪されるが、ついには死を選ぶ。果たして娘子の死の動機は何であったのか。表面上の理由は梅月の謀略であるが、作品の冒頭に淑英娘子の不幸の伏線は敷かれていた。

次の日、二人が身を綺麗にして供物を備えて主嶺峰に登り、誠心誠意祈りをして家に戻った。その日から婦人の体には子が宿り、十ヶ月が経ったある日、家の中が五色の雲に囲まれ、いい香りがした。そして男子が産まれると天から仙女が一人降りて来た。仙女は香水で子を洗い婦人の隣に寝かせて曰く、「この子は、本来天上の仙官で、瑤池淵《ようちえん》でスキョン娘子[*7]と不義を働きました。その事実を知った玉皇上帝が二人を人間世界へ追い払いました。その仙官が貴方の家で産まれることになったのでございます。この子は、スキョン娘子と三生の縁がありますので、どうぞ精を尽くして育て、天の意を背かないようにしてください。」と繰り返し願い、天に戻った。（二一四頁）

仙君の父の白ソク《석》ジュ《주》（京板：白尚君）と母の鄭氏が小白山の主嶺峰に登り、祈子致誠のお陰で白仙君が産まれる。誕生の条件は、必ず淑英娘子と仙君が婚姻しないといけないことである。しかしこの貴重な条件を父母が軽く思ってしまうことで、問題が発生する。後に仙君が娘子の存在について語ると父母は、「あなたを産むときに天から一人の仙女が降りて然々《しかじか》と言っていた。その話にあった娘子がスキョン娘子に間違いない。しかし夢は空しいことである。その娘子は忘れて健康に気をつけなさい。」[*8]と、誕生の際に実際に経験したこととは程遠い答えをする。

この時スキョン娘子も天上から不義の罪で玉淵洞に配流されていた。仙君は、人間世界に生まれたので娘子と天上で結ばれていたことを知らず、他の家門に求婚した。それを知った娘子は、「我らの二人は、人間世界に配流されて百年佳約《ペンニョンガヤク》をすることになっていたが、今あなたが他の家門に求婚してしまうと私たちの天上の縁は空しくなるだろう。」と悲しがった。（二一六頁）

娘子が作品に登場する冒頭部分から、すでにこれからの悲劇を予見するように悲しむ場面の叙述が始まる。以後娘子は、積極的に仙君の夢に出て縁を逃さないように努力するが、結局このような行動がより大きい不幸を招くことになる。淑英娘子の死の動機と過程、そしてその結果の救済まで、段落別に具体的に述べることにしよう。

〈1〉地上で破棄される天上の罰

「淑英娘子伝」の娘子と仙君は、天上から地上へ配流された人物であり、謫降型愛情小説[*9]に属する。ただし二人の配流の形式は相違する。仙君は、地上の親の子息として生まれ変わり、淑英娘子は「玉淵洞」[*10]という天上的雰囲気に包まれた空間で配流の生活を送りながら、玉皇上帝が厳命した婚約の期日を待っていた。二人は天上で不義を働いた罪で、一定期間離れて暮らしているのである。愛し合っている二人であるからこそ、とても過酷な刑罰とも言える。特に娘子は、仙女の身分を維持したまま、地上で三年という忍苦の歳月の中で、仙君と婚姻する期日だけを待っていた。結局不安が募った娘子は、仙君の夢に出て前後の事情を明かす。この過程で仙君は、五回にわたって夢を見る。

①「あなたと私は瑤池淵で互いに戯れた罪で上帝の御命により人間世界に配流されました。その際上帝は、この世の中で私たちが結ばれることと仰せられました。ところであなたは、どうしてこのような事情を知らず、他の家門に求婚しようとしますか。あなたは私のことを思って、三年間待ってくださいませ。」（二一六頁）

②「あなたはどうして私のような女のために、あのように重病にかかったのでしょうか。この薬を飲んでください。」と言いながら玉瓶を三つ取り出して曰く、「これは不老草、これは不死草、そして最後のこれは万病草であります。どうぞこの三つの薬を飲んで、三年だけでもいいですから我慢してください。」（二一八頁）

③「あなたの病が重くなるばかりで、家勢が傾いてしまったので、私が金童子の一双を持ってきました。この金童子をあなたが眠られる部屋に置いておくと、自然に裕福になるでしょう。そしてこの絵姿は、私の姿を写したものです。私を見るように夜には身に掛けて寝て、昼には屏風に掛けておいてください。」（二一八頁）

④「あなたがついに私を思い切れず、このように重病にかかってしまったので、私は人に顔を合わせられず、心苦しいです。願わくは、しばらく下女の梅月に御供をさせ憂鬱を晴らしてください。」（二一九頁）

⑤「あなたは私に会いたく見たくなったときは玉淵洞のカムン《가문》亭に訪ねて来てください。」（二一九頁）

引用文は、娘子が仙君の夢に現れ続ける内容である。このように娘子が焦っていたことが分かる。しかし娘子の思惑とは違い、白仙君は夢で見た娘子に対する恋慕が原因で恋の病になり、それを知った娘子は特効薬の不老草と不死草、万病草を仙君に渡すが、病は改善しない。また治産のために大事な金童子まで渡すことになる。結局仙君は、梅月という腰元まで隣に置いたが、病はさらに重くなる。二人は、三年の期日を守れず会うことにする。

「私のような女に想いを寄せて病になられたと聞いています。どうしてそれが男の行動と言えるでしょうか。私たち二人は、天上で罪を犯して人間世界に追い出され、縁を結ぶまであと三年です。三年後に青鳥を仲人《なこうど》にし、上峰で六礼を交わし百年偕老《かいろう》しましょう。しかしもし私が天の意に背いて、今ここで体を許すと大きく後悔することになるでしょう。辛いことだとは思いますが、三年だけ我慢して待ってくださいませ。」
これを聞いた仙君が答えるには、「私の今の想いは一日がまるで三秋のようです。三年というのは、どれほどの三秋にもなるでしょうか。もし娘子が『ただ帰って下さい』と言うと私の命は今日までです。私があの世で寂しい魂魄になるようなことになったら娘子の命も保てると思いますか。伏して願わくは娘子の松柏のような貞節を少しだけ曲げて、火中に飛び込んだ蛾と網に掛かった魚を救って下さい。」（二二二頁）

引用文は、玉淵洞で初めて出会った仙君と娘子の会話である。娘子は、天上においての罪と天命の三年を強調している。しかし仙君は、恋煩いが重く、生死をかけて結縁の意志を見せる。やむを得なかった娘子は、仙君と雲雨之情を交わす。結局天上で不義を働いた罪で地上に配流された二人は、地上でさえ玉皇上帝の厳命に背き、三年という天命まで破棄する。情を交わした娘子は、すぐさま「男性の欲望が大変だとは言え、あなたはどうして破廉恥なのですか。こうなった以上、私の身は清くありません。ここに留まり修行をする意味もなくなってしまいました。あなたに従って俗世に戻ります。」と言い、ためらうことなく身の周りを片付け媤家《しか》に向かう。

相公夫婦は、急に嫁を迎えることになってしまい、六礼を挙げることはできなかった。が、嫁として認めて、[*11]平穏な生活を送る。以後八年という歳月の間、仙君と娘子の間に娘チュン《춘》ヤン《양》と息子ドン《동》チュン《춘》が産まれる。家の暮らしも豊かになり東山に「カムン亭」という楼を造った二人は、幸せなひとときを過ごす。「カムン亭」は「玉淵洞」にある楼と同名である。これは「玉淵洞」と同一視しようとする娘子の意図が隠されていると思われる。しかし天上で不義の罪を犯し、さらに地上で三年の期限を守らなかった罪を犯しながらも、二人は無事に暮らすことになる。白相公は、息子と嫁の悠々自適の生活に制動をかけて、家門の名誉の為に科挙及第を勧める。仙君は最初は父の勧めを断るが、娘子の請願を受け入れ、科挙を受けるために都に上る。

ここまでの筋を見る限り、罪に対する罰は、象徴的に予見されているだけで、現実的には問題を起こしていない。愛情小説によくある婚事障碍もなく、無子息の悩みもない。つまり苦難の何一つなく幸せに暮らすのである。ほとんどの伝奇・愛情小説は、天上の罪が持続力を持って地上でも押し掛かる場合が多い。すなわち八年の歳月を要しないのである。三年を満たさなかったという不吉に比べてあまりにも寛大な処分と言うこともできる。このような寛大さが持つ意味を次の節で説明する。

〈2〉死の前後の過程、悲壮の露骨化

仙君は科挙を受けるために都へ上っていたが、途中、密かに二回、家に戻って娘子と再会する。娘子に対する仙君の愛情は、他の小説では確認できないぐらい絶対的である。「春香伝」において春香の李夢龍に対する愛が李夢龍の春香に対する愛より優っているとすると、本作においては男性の仙君の純粋な愛の方が優っていると言える。仙君がいないはずの娘子の部屋で聞こえる男の声のため疑いをかけたのは仙君の父であった。科挙に出た息子が密かに戻ったことは夢にも知らず、嫁が部屋に間男を入れたと誤解したのである。

そもそも白相公は、婚礼を挙げる前に情を交わした娘子を嫁に、そして家族として受け入れた。その結果、孫と孫娘まで生まれて、何不自由なく暮らしていた。ただし相公は、息子が娘子に夢中になっているのを世間に面目なく思っていた。だからこそ、もし息子が科挙の途中に戻って来たことを知ったら許すわけがない。そのような状況を知っている娘子は、夫が密かに戻っていたことを口にすることはできなかった。その結果、不貞な嫁と誤解された娘子は、梅月の謀略が重なり、悲劇の主人公になるのである。

娘子が気を取り直して曰く、「父様が直接目撃されたとおっしゃりながらご立腹なさるのもごもっともでございます。しかし父様、よくよく計らってくださいませ。私の肉身がたとえ地上に落ちたとしても、私の貞節は氷と雪のように真っすぐで綺麗です。私は「貞女両夫に見《まみ》えず」という言葉を知っておりますしかも夫と私は天が定めた縁でございます。どうして私が間男と密通することができるしょうか。いくら六礼を挙げていない嫁だとしても、そのような凶悪な言葉で叱られることはなりません。」と声をあげて泣く。見るに忍びない悲しい有様であった。（一二三五〜一二三六頁）

引用部分は、相公が密通の疑いで娘子を打擲《ちょうちゃく》すると、娘子が抗弁する箇所である。娘子が一貫して主張するのは、天が定めた縁であるということである。すなわち必然的な出会いは「天命」であると強調され、たとえ舅であっても二人の関係を断つことはできないという意味も含まれている。

次は娘子の潔白が神秘的な力によって証明される箇所である。引用が長くなるが、作品の理解を助けるために引用することにする。

> 髪に挿した玉の簪を抜き出して空を仰いで慟哭しながらこう言った。「明るい明るい天よ、照覧あれ。私の無念な疑いを弁《わきま》えて下さい。もし私が間男と姦通したのであれば、この玉の簪が胸に刺さるようにしてくださり、私に過ちがなかったならば、庭にあるあの踏み石に刺さり、夫が帰って来るまで抜けないようにして下さい。」と言い終えた娘子が玉の簪を空高く投げた。すると玉の簪は、風に靡《なび》くように飛ばされて庭の踏み石に刺さった。相公は、その光景を見て自分の目を抜き出したいほど後悔したが、すでに時遅しと知った。下僕たちもこの奇妙な光景に驚き、恥ずかしがりながらこそこそし始めた。相公が裸足で走ってきて娘子の袂に縋り付き詫びて曰く、「娘子は、年寄りの惚けた言動を少しも気にせず、心を和らげていてほしい。」と百万手を尽くして慰めた。しかし氷と雪のような心の娘子は、あのような無念のことを言われたので、一万回死んでも悲しくなく、一千回甦っても嬉しくなかった。娘子が泣きながら嘆くには、「私が生き残っていてはこのような疑念を晴らすことはできないだろう」と専《もっぱ》ら死のうとした。相公がもう一度謝りながらこう

言った。「男女の間での誤解は日常茶飯事であるのに、なぜあなたはあれほど恨めしく思うのか。落ち着いてあなたの部屋に戻り、ゆっくり休んだ方がいい。」これを聞いた娘子が姑の鄭氏に取り付いて、「淫行の罪を犯した女の汚名が世に知られてしまいました。私の悪名は一千年後までも伝わるでしょう。私が恥ずかしくないはずがありません。また夫が帰ってきても顔を合わせることもできないでしょう。私はいっそ死んで浮世のことは忘れたいと思います。」と言って、綺麗な顔に真珠のような涙を流した。（二三九～二四〇頁）

娘子は間男との姦通の疑いが掛かると、玉の簪で自分の潔白を証明する。玉の簪が踏み石に刺さるという非現実的なことが起こると、相公は、「自分の目を抜き出したいほど」後悔しながら嫁に繰り返し謝る。しかし娘子は、姦通の真偽を確かめるより汚名が広まったことで、自分が汚れてしまったと思い、自刃を決心する。娘子が舅に打擲される場面は、まるで「春香伝」において春香が卞府使《べんふし》に敲《たた》き刑などの迫害を受けるのと同様に、悲壮美が漂う。ところでこのような悲壮は、舅の心からの謝罪とは無関係に、子女へ転移され拡大する。ここで先述の通り、子女の登場と役割について注目する必要がある。母の自決の場面は、他の古典小説では希な場面でもあり、幼い子女が介入するにはあまりにも扇情的で衝撃的な叙事であるのは確かである。しかし母の死は、子供に感情移入されることによって悲壮美が露骨に可視化する。該当部分を引用する。

①チュンヤンが娘子の裳裾に取り付いて泣きながら申し上げるには「お母さん、お母さん、お母様よ！死なないで生きて下さい。お母様が死んだら私はどうしたらいいですか。ドンチュンはどう生きていけばいいというのでしょう。お父様が戻ってきたらお母様の無念を申し上げ、恨みを晴らして下さい。ドンチュンはお乳がほしくて泣いています。部屋に入りドンチュンにおっぱいをあげて下さい。お母さんが死んだら私たちの姉弟は誰を頼りに生きていけばいいでしょう。」と声を上げて泣きながら母の手を引っ張って

部屋の中に入った。（二四〇頁）

②そしてしばらく悲しく号泣し、また曰く「（中略）チュンヤン、私が死んだ後に幼い弟を懇《ねんご》ろに世話して、喉が渇いたら水をあげ、お腹が空いたらご飯をあげ、泣いたら負《お》んぶをして慰めてあげなさい。チュンヤン、どうぞ弟を白い目で見ないで、仲良く暮らしなさい。可哀想にチュンヤン！　可哀想なドンチュンをどうしたらいいだろう。胸が苦しい。チュンヤン！　あなたたちは誰を頼りに暮らしたらいいのだろうか。」（二四一頁）

③チュンヤンとドンチュンが雷の音で驚いて目を覚ますと、母の胸元には短刀が刺されてあり、流血が鮮明であった。チュンヤンは大きく驚き、顔の色が変わり、心中しようと母の胸元の短刀を抜こうとするが、びくともしない。チュンヤンは、ドンチュンと一緒に母の亡骸に顔を埋めて大声で慟哭した。「お母様、お母様！　どうなさいましたか。私とドンチュンも連れて行って下さい。」と泣き叫ぶ声が遠くまで聞こえた。（二四二頁）

④ドンチュンはお乳が出ないと泣くので、チュンヤンがドンチュンを慰めながらこう言った。「お母さん、夜が明けましたから早く起きて下さい。日が昇りましたから早く起きて下さい。ドンチュンはお腹を空かせています。負《お》んぶしても抱いても、お母さんだけを探しながら泣いています。ご飯をあげても食べないで、お水をあげても飲まないで、お乳だけをねだっています。」と慟哭する。まことに見るに忍びない悲しい場面であって、山川草木、さまざまな獣までもが悲しがり、月日もその光を失った。鉄石のような肝臓を持った人であっても泣かないでいられない光景であった。（二四三頁）

⑤チュンヤンがその手紙を受け取り娘子の部屋に入り、母の亡骸にしがみついて慟哭しながらこう言った。「お母さん！　起きて下さい。お父様から手紙が届きました。早く起きて下さい。お父様が状元《じょうげん》（科挙）及第をして翰林学士になられたそうです。」そして手紙で母の顔を覆って、「平素、文を好んでいらっしゃっ

たお母さんが、どうしてお父様からお手紙が届いているのに嬉しい気色もないのでしょうか。チュンヤンは文字が読めないので、お母さんの御霊前にお手紙を読み上げることもできないです。胸が苦しいです。」と言った。(二四六〜二四七頁)

⑥チュンヤンは泣き疲れて声も出せず、珠《たま》のような涙を雨が降るように流しながら母の亡骸にしがみついてこう言った。「ああ、ああ、苦しい! お母さん、起きて下さい、起きて下さい、科挙を受けるために都へ上っていたお父様が戻ってきました。」チュンヤンの背中にいるドンチュンも翰林(仙君)を見て悲しく泣いた。チュンヤンもまた翰林に縋り付いて、「お父様、お母様が亡くなりました。ドンチュンはお乳がほしくて毎日のようにお母様の亡骸の側で泣いています。」と言いながら悲しく泣いた。(二五五頁)

⑦チュンヤンが泣きながら、「ああ、お父様も頑固な人である。そんなに嘆いているばかりで、お父様まで亡くなってしまうと私たち二人はどう生きていけばいいと言うのでしょうか。」と言うとドンチュンももらい泣きをした。チュンヤンが泣くドンチュンをなだめて、「泣かないで! お父様が亡くなったら、あなたはどう生きていき、私だってどう生きていけばよいだろう。我らもいっそ死んでしまい、お父様についてあの世に行って、父と母の魂魄に委《ゆだ》ねよう。」と片手では翰林を摑み、片手でドンチュンを抱いて悲しく慟哭した。まるで山川草木とさまざまな獣が鳴いているように聞こえた。(二五七頁)

引用文のように幼い娘のチュンヤンは母の自刃を防ぐことができず、母の死の場面を目の当たりにして、幼子ドンチュンをなだめたり、悲しみに陥った父を慰めたりして、悲しみが最高潮に至る状況を繰り返して演出する。[*12]娘子の死骸の胸元には、短刀が刺されている状態であるので、幼い子供が受けた衝撃は大きかったに違いない。

翰林が慟哭しながら娘子の亡骸に掛けられた布を取って見ると、玉のような娘子が胸元に短刀が刺さったまま横になっていた。翰林は両親に「いくら無情だとは言っても、どうして今まで短刀を抜かなかったでしょうか。」と言った。そして娘子の顔に自分の顔を擦りつけながら、「娘子、娘子、仙君が帰ってきたよ。起きなさい。起きなさい。」と言いながら娘子の胸元の短刀を抜くと、その傷穴から三羽の青鳥が飛んで出て翰林の肩にとまった。一羽は、「何面目、何面目」と鳴き、また一羽は「所哀者、所哀者」と鳴き、残りの一羽は「遺憾心、遺憾心」と鳴いてどこかに飛んで行った。翰林が鳴き声を聞いて考えてみると「何面目」というのは、「淫行を犯したと言われてどういう面目で夫に顔を合わせられるのか」という意味で「所哀者」とは「チュンヤン、どうぞドンチュンを泣かさないで仲良く暮らしなさい」という意味、「遺憾心」は「ドンチュン、幼いあなたを残して死んだだけに、死んでも目を閉じられない」と意味であった。三羽の青鳥は、間違いなく娘子の三魂七魄であった。その鳥の鳴き声は、娘子が仙君と永遠の別れを告げながら残した最後の言葉であった。（二五六頁）

引用箇所は、仙君が娘子の胸に刺さっていた短刀を抜いた時に起きた神秘的な現象である。自決するとき使われた短刀を抜く権限は、仙君にしかない。すなわち刀が抜ける瞬間、娘子の胸から三羽の青鳥が出てきて、仙君、チュンヤン、ドンチュンの三人が娘子と離別する瞬間になる。つまり青鳥は娘子の魂である。娘子の胸から三羽の青鳥が出てくるという設定は、そもそも娘子の死の過程が非現実であることを内包している。玉の簪が踏み石に刺さったこと、娘子の死骸が動かなかったこと、娘子の胸元に刺さった短刀が抜けなかったこと、物理的変化が止まった死骸の状態などが娘子の超越性を立証している。結局、娘子は自刃によって天上と地上で犯した罪の報いを受けるのである。チュンヤンとドンチュンには、このように超越的で非現実的なことを現実的な情緒に訴える任務が任されているのである。なぜなら作品の前半部において、三年の期限を守らなかったにもかかわらず、八年の幸せな時間が与えられているのは、子女の出生までの時間が必要だったからである。

このように娘子の死の前後の過程は、幼いチュンヤンの役割によって悲壮美が露骨に表れる。幼い子供たちは、超越的人物と超越的な事件に影響を受けない。特にチュンヤンは、天上の存在である仙君と娘子、地上の存在である祖父と祖母を繋ぐ架け橋のような役割をする。それは読者の極限の悲しみへ走る感情を刺激することで、人間本性の惻隠の情に訴えることになる。

〈3〉救済の結果、再生に伴う喪失感

ここまで説明してきたように娘子の死の前後の過程においては、チュンヤンとドンチュンの役割が中心的であった。しかし娘子が救済されて玉蓮洞で再生された後は、幼い子供の役割と会話はなくなる。葬式の前に娘子の死骸は床にくっついて動かないが、これは娘子の恨みが骨髄に徹していることを意味する。仙君は娘子の悲惨な死に方を見て、娘子を誹謗した梅月と下僕のドルセに残酷な復讐をする。[*13] 古典小説に悪人は欠かせない存在である。一般的な古典小説においては、天上の力を借りて懲悪する。しかし本作は、当事者が自らの手で処決する方式を選んでいる。

主人公が天上から謫降した人物であるので、天上に回帰する構造は当然の理である。特に娘子は、天上界の仙女の身分で玉蓮洞に降りて来たので、天上的な要素は消去されがたい。娘子は、自決した後に仙君の夢に現れて、「悲しいです、あなた。どうぞ私の死骸を六年経った菖蒲で固く結び、新山にも埋めないで、旧山にも埋めないで、玉蓮洞の池の中に入れて下さい。そうして下さると、後日あなたとチュンヤン、ドンチュンに再会できます。どうぞ空言と思し召さないで、私の言うとおりにしてくださいませ。」という注文を残して姿をくらます。仙君と家族は、注文通りに娘子の死骸を玉蓮洞の池に入れようとすると、池の水が乾いて石棺が現れた。仙君は、娘子の死骸を石棺に入れて葬る。葬儀が終わると不思議なことが起こる。以下に少々長いが引用する。

①娘子は、緑衣紅裳《りょくいこうしょう》に七宝丹粧《しっぽうたんしょう》をして青い獅子の一双を連れて池の中から出てきた。これを見た弔問客は驚き、「娘子様は死んで十日が過ぎました。またすでに水中の魂魄になられたはずだが、どうして甦ってきたのでしょうか。」仙君も、やはり大きく驚き、一方大変喜びながら娘子に縋り付いて大声慟哭すると、娘子が赤い唇を少し開き白い歯を見せながら、「あなたは、これ以上心配することはありません。私と一緒にご両親に挨拶して、天宮に行きましょう。」と言って、翰林と青い獅子に乗って家に戻った。娘子が甦って翰林と一緒に帰ってきたのを見た相公と鄭氏は、走り出て娘子にしがみつき慟哭しながら、「娘子は、今になってどこから帰ってくるのか。」と嬉しく思いながらも、残酷な記憶を思い出した。娘子が相公と鄭氏の前に出て礼をして申し上げた。「私がこのような羽目になったのは天上で犯した罪の因果であります。すべてが天命でないことはありません。だからあまり嘆くことはありません。玉皇上帝が私たちを天上に戻ることをお許し下さいました。天命に背くことはできません。そろそろ天上に戻ります。」と言う娘子のことばを聞いた相公夫婦は、哀れみが増して涙を流した。娘子は、白鶴扇を一つと酒瓶を一本渡した。（中略）また娘子が翰林に話した。「そろそろ別れの時間になりました。どうぞ両親に暇乞いをして天上に戻りましょう。」翰林は、両親と別れるときになると、親子の情をいっそう深く感じ、親の前に出て礼をして、「私は、この世の縁が尽きましたので、お暇を頂きます。父上様、母上様、どうぞお元気でお過ごし下さい。」と暇乞いをした。娘子も親に暇乞いをして、一双の青い獅子を連れてきた。翰林はドンチュンを、娘子はチュンヤンを抱いて、それぞれの獅子に乗ると、獅子は虹に乗って天に昇った。（二六四〜二六五頁）

②このようにして家の中が平和で、幸せに暮らした。白公夫婦が天寿を全うしてこの世を去ると、白仙君夫婦は、悲しみながら先山に侍墓《じぼ》した。また歳月が流れ、貞烈夫人は四男一女、粛烈夫人も三男一女を産んだ。九人の姉弟は父風母襲（父母両方に似ていること）して、一人一人がすべて玉人《ぎょくじん》君子であり、賢女淑《しゅく》

婉《えん》であった。次第に男婚女婚（子供が結婚すること）となり、子孫が繁栄した。そして裕福になり一万石の君の称を得て、代々扶持《ふち》が尽きることがなかった。ある日催した盛大な宴は、子女と孫たちが一緒になって三日も続いた。最後の日になると忽然と祥雲が周りを囲み、龍の鳴き声が聞こえた。一人の仙官が現れて、「仙君、人間の楽しみはどうだったのか。貴方たち三人の昇天の既約の日が今日である。急いで行こう。」と言った。白仙君の三人の夫婦は、同時に昇天した。享年八十であった。子孫たちは、天上を仰いで哀痛に堪えなかった。そして空《から》の棺《ひつぎ》を先山に葬った。これらの話が奇異であるゆえ、ここにそのあらましを記した。[*14]

引用文①は、本稿の対象である筆写本で、仙君と娘子が二人の子供を抱いて天上に戻る場面である。地上に残される親の立場を考えると、息子と嫁、孫と孫娘を同時に失う大事件であり、どんでん返しである。一方②は、京板本二十八張本の最後の場面である。①に比べて古典小説の普遍的な結末構造に従っている。

古典小説の中、このように同作品が異本によって結末が大きく変わるのは珍しい。京板本は、一般的な古典小説、特に英雄小説、愛情小説、家門小説などに見える決まった結末構造と言っても過言ではない。しかし、筆写本における相公夫婦は、娘子と仙君が天宮へ帰った後もしばらく悲しんで暮らしていたが、時間が経つにつれて悲しみも消えたと記されている。やがて相公夫婦は、財産を貧しい人々に与えて、余生を長閑《のどか》に暮らし、百歳になる年のある日、同じ時刻に亡くなったとしている。このような結末には、子息に先立たれた親の喪失感が大きく影響していると思われる。[*15]

しかし淑英娘子の立場で考えると、このような結末は、完璧な再生であり、救済であり、同時に天宮へ回帰する循環体制を揃えていると言える。さらに仙君のみならず、地上で産まれた二人の幼い子女も天上に昇るという設定は、非常に少ない。特に再生されると同時に親に暇乞いをして天に昇るということには、地上で留まる時間と理由がないという冷静さも含まれている。淑英娘子は、玉皇上帝から仰せつけられた天命を、厳しく守るべき戒律であると認識している。なぜなら天命に二回も背くことが招来する結果を体験して痛感しているからである。

一方、仙君は娘子に比べて消極的であり、天上の空間に対して切実さがない。それは仙君には、娘子を失った悲しみがもっとも大きく働いていて、天上の戒律は敏感な問題ではなかったからである。もう一つの理由は、地上で生まれた仙君には、地上の親と血肉で結ばれた関係であるので、天宮に戻るときも親に対する悲しみが強く残されているからである。これらの理由により、同じ罪を犯した二人であっても、その罪を受容する立場は明確に区別できるのである。

結局この作品における救済は、娘子には満足であるが、残りの人物、特に地上で生を営為する親には大きな喪失感になりかねない。このような喪失感は、子を失うときの感情と同価である。子のみならず孫と孫娘までが天上へ回帰する姿を眺めるしかなすすべがない親の心情が余韻に残る結末構造である。

三　死と救済の相関性

人間にとって生と死は連続性を持つ。生きていること自体が死に近づいていることを意味するからである。しかし人間は、死を経験する瞬間、現実と断絶され、その後の変化は知るよしもない。つまり死というのは未知の世界である。文学において生と死、愛などは、人間の本質であり、人間の価値であるので、すべてのジャンルに極めて普遍的な主題及び素材として使われてきた。こういう点は、古典小説においても例外ではない。特に小説の出発とも言うべき伝奇小説には、このような問題は深く作用し、作家の内面世界を探求する手がかりとなった。

なかんずく生と死は対比的な意味を持つ。だから生きるか、死ぬかという二者択一の問いも可能であろう。しかし伝奇小説においては、このような対比的な問いに止まらず、「救済」の問題にまで拡張され、人間の本質を探究するに至る。それを可能にするためには、民間信仰的な要素、道教的要素、仏教的要素など、宗教的な色彩の中で愛という共感的な感性がどう混合して、生命力を維持するのかに関する悩みも、同時に付与されているのである。その結果「救済」は、とても惰弱で有限な人間の問題ではなく、他者依存的な存在、すなわち無限性を確保した神の領域に制限される。

謫降型愛情小説は、天上の秩序に従って回復する過程を構造的に見せる。「淑英娘子伝」も、謫降型小説らしく天上への回帰を実践することで徹底的な救済、すなわち再生の原理を公式的に活用している。死で終わることなく救済を通して永遠の生命を営為するというメッセージが、当代の読者に報償心理として作用したのであろう。しかし深い愛情であれ、天上の果報であれ、身分と地位にかかわらず苦難と障害を受けるのは、いつも女性である。これは当代の朝鮮時代の家父長的な理念と関係がある。特にこの作品において仙君の父である白相公は、徹底的に儒教的人物として描かれている。このような事実は、空間的背景が安東であることと関係がある。もちろん二人の主人公が天上の仙官と仙女であったこと、玉皇上帝の戒律に属していたこと、天命により天宮に回帰することなどは、道教的色彩が濃く反映された結果である。しかし玉皇上帝の厳しい戒律は、いつも過ちを許す余地を残している。「淑英娘子伝」においては、一回も戒律を破った二人であったが、罰は一時的な苦難で終わり、その苦難を乗り越えると永遠の幸福と安寧が待っていたのである。すなわち人間が涙を流し切実に願うと、その願いが受け入れられるのは常のことである。これはすべての宗教が通じる惻隠の情の発露だと思われる。一般的に天上の戒律のために苦難を受けた主人公の救済は、すべての人物に満足感を与える。家族関係においてはさらなることである。ところが、本作品の結末は満足感より喪失感を与える。淑英娘子の救済は、同時に離別を要求しているからである。死は人間の有限性を表して、家族と永遠の離別をさせる。だからこそ死からの甦生は、大きい祝福である。しかし本作においては、生への復帰が終わりではない。生と同時に行われた天上への回帰は、死と同様、永遠の離別を意味する。そういう意味で、板本により異なることではあるが、本稿の対象の筆写本は、とても独特な結末を有する作品であると言える。主人公には永遠の天上復帰であるが、地上に残る家族には大きな悲しみを残すという救済であるからである。

注

＊1　この作品に関する研究は、これまで相当の進捗（特に金一烈『朝鮮朝小説의 構造와 意味』蛍雪出版社）があった。分類すると作者と創作時期、異本による結末構造研究、社会的脈絡における意味、文学的意義及び価値、パンソリに関連づけた研究、空間に関する研究など多様に分析されてきた。しかし死と救済に関係づけた研究はなされてこなかった。特に登場人物の中で娘子（母）の死の前後における子女の役割がとても重要である。これを分析した先行研究は皆無である（具体的な研究史は、紙面の関係上省略する）。

＊2　金善賢「「淑英娘子伝」異本 現況과 変貌 様相 研究」、『語文研究』四十二巻二号、韓国語文教育研究会、二〇一四年六月、一二六頁。

＊3　「淑英娘子伝」の異本は、葬儀の有無により、大きく分けて「水葬―再生」系列と「殯所―再生」系列になり、さらに「水葬―再生」系列は、娘子の居所により天上界と地上界、仙界に分けることができる（金善賢、前掲論文、一三三頁）。

＊4　異本の様々な類型の中でも、最も古いとされる類型の一部の異本には、娘子が葬式後時間が経ってから仙境で宰相をする。仙君が訪れて家に帰るよう勧めても幽明の別を挙げて帰家を拒否して仙境で暮らす。それが理由で仙君は、自分の家と仙境を半月ずつ暮らすしかなかった。そして娘子は、子供たちを迎え育てる。仙境で甦って子供たちと一緒に暮らすことは、嫁が舅と姑からの逼迫を理由にして同居を断り実家へ戻ることに似ている（金一烈「道仙的神秘 속의 社会的現実――淑英娘子伝의 境遇――」、『語文論叢』二十九号、慶北語文学会、一九九五年、一〇頁）。

＊5　「淑英娘子伝」の典型性が鮮明に表れている김동욱所蔵の四十八張本「淑英娘子伝」を底本にして現代語訳をした。話の展開が不自然な箇所は김광순所蔵の四十八張本「수경娘子전」、京板二十八張本「淑英娘子伝」等を参照して現代語訳を行った（李尚九訳『淑香伝・淑英娘子伝』문학동네、二〇一〇年、二九〇頁。以後作品に引用には、同テキストを用い、頁のみ記した）。

＊6 鄭夏英外『古典敍事文学에 나타난 삶과 죽음』보고사、二〇一〇年、一七頁。

＊7 テキストに用いた異本には、숙영《スックヨン》娘子の名前が의 호칭이 수경《スギョン》娘子である。発音は同じであるので、テキストを引用においては「수경」を、本文においては「淑英娘子」あるいは「娘子」を用いた。

＊8 李尚九、前掲書、二一七頁。

＊9 謫降型愛情小説における天上界は、従来の老荘思想や仏教哲学とは性格が異なる民間道教思想を背景にするが、明清時代の中国の民間文学とはある程度関係がある（李鐘殷編『韓国道教文化의 焦点』亜細亜文化社、二〇〇〇年、三一三頁）。

＊10 「玉淵洞」という空間は、天上的雰囲気を醸し出す空間であり、安東とは対比的空間である。この空間に関する意味のある研究は、先学により行われてきた（金善賢「淑英娘子伝에 나타난 女性開放空間」、玉淵洞『古典文学과 教育』二十一輯、二〇一一年六月／徐有奭「「古小説에 나타나는 女性的 空間과 場所의 意味 研究」――〈淑英娘子伝〉의〝玉蓮洞〟을 中心으로」、『語文論集』五十八輯、中央語文学会、二〇一四年六月）。

＊11 相公夫婦が娘子をよくよく見ると、天下に希な美人であった。肌は雪のように白くて、顔は花のように美しく、両頬は桃の花が春風になびくように華麗であった。相公夫婦が娘子を寵愛して東別堂に新房を造ってくださると、仙君と娘子の愛とうれしさはこの上なかった（「淑英娘子伝」、二二四頁）。

＊12 このような状況について鄭仁爀は、「死んでしまった母の乳の出ない乳房を吸っている幼いドンチュンの姿は、母子の離別という悲しさを劇的に表す同時に母子の愛における肉体的実態性を表している」と指摘した（鄭仁爀「〈淑英娘子伝〉의〝몸〟의 이미지」、『韓国古典研究』二十八輯、韓国古典研究学会、二〇一三年十二月、二〇〇頁）。

＊13 翰林が怒りを抑えきれず下僕たちに命じてドルセを殴り殺した。そして腰の刀を抜いて梅月に寄って「おまえのような悪女を一時も生かしておくべきか。」と刺し殺した。相公に向かって、「父上はどうして妖女のいうことを聞いて、白玉のように純潔な人を死なせたのですか。このような嘆かわしいことは世にまたとないことです。」と訴えると相公はなにも答えず、ただただ涙を流すだけであった（二六〇頁）。

＊14 黄浿江訳註『淑香伝／淑英娘子伝／玉丹春伝』高麗大民族文化研究所、一九九三年、三一五頁（京板本二十八張本の最後の場面）。もちろんこのような解釈は、異本によりそれぞれ異なる結末になっているので、本研究が対象にしている筆写本に

限る。

参考文献

- 金善賢「「淑英娘子伝」異本現況과 変貌様相研究」、『語文研究』四十二巻二号、韓国語文教育研究会、二〇一四年六月。
- 金善賢「淑英娘子伝에 나타난 女性解放空間」、玉淵洞『古典文学과 教育』二十一輯、二〇一一年六月。
- 金一烈『朝鮮朝小説의 構造와 意味』蛍雪出版社、一九九一年二月。
- 金一烈「道仙的 神秘 속의 社会的 現実――淑英娘子伝의 境遇――」、『語文論叢』二十九号、慶北語文学会、一九九五年十二月。
- 徐有奭「「古小説에 나타나는 女性的 空間과 場所의 意味 研究」――〈淑英娘子伝〉의〝玉淵洞〟을 中心으로」、『語文論集』五十八輯、中央語文学会、二〇一四年六月。
- 李尚九訳『淑香伝・淑英娘子伝』문학동네、二〇一〇年八月。
- 李鐘殷編『韓国 道教文化의 焦点』亜細亜文化社、二〇〇〇年十一月。
- 鄭仁赫「〈淑英娘子伝〉의〝몸〟의 이미지」、『韓国古典研究』二十八輯、韓国古典研究学会、二〇一三年十二月。
- 鄭夏英他『古典 叙事文学에 나타난 삶과 죽음』보고사、二〇一〇年十月。
- 黄浿江訳註『淑香伝/淑英娘子伝/玉丹春伝』高麗大民族文化研究所、一九九三年八月。

「水陸斎」における死の様相と儀礼の構造的な特徴

金基珩

一　はじめに

水陸斎は、中国の梁武帝の治世の時に初めて行われた儀式である。ある日のことである。梁武帝の夢に神僧が現れて「六道の衆生たちが果てしない苦痛を受けているのに、何ゆえ水陸大斎を施して法界含霊を済度《さいど》しないのか」と言った。武帝は夢から覚めて周りの僧侶たちに聞いたが、誰も水陸大斎について知っている者はいなかった。この時、宝志という僧侶が武帝に「様々な経論を探してみると必ず手がかりがあるはずです」と言った。それで武帝が夜を徹して経論を調べ、阿難が面然鬼王に出会って鬼王が教えてくれたように施食《せじき》壇を設置したという典故を見つけたと伝えられている。それは、阿難が一人で森の中の修行処で泊まっていたある夜の出来事であった。

醜悪な鬼王が現れ、阿難に「後日お前が命を落としたら餓鬼の中に落ちるであろう」と告げた。驚いた阿難は、「どうすれば苦痛から逃れることが出来るのか」と聞いた。鬼王は「もし明日多くの餓鬼や婆羅門の仙人に各々一斛《こく》の飲食を布施し、またこの俺のために三宝に供養をすれば、汝の寿命は延び、また苦難から脱し天上に生まれ変わることになるだろう」と答えた。恐ろしくなった阿難は、出定してその夢のことを釈迦に申し上げると、釈迦は阿難に陀羅尼施食法を教えたという。この逸話は、本来インド仏教において確立された形の水陸斎は存在していなかったが、水陸斎の母胎になる素材はあらかじめ用意されていたということを物語っている。これに基づいて梁武帝が水陸斎を行い、それが今日まで続いていると伝わっている。韓国では高麗時代の光宗二十一年（九七〇）に葛陽寺で行われた水陸斎が最初とされる。

しかし現代に伝承されているほとんどの水陸斎は、一定の復元過程を経たものであるため、その歴史性や伝統性を信用し難いところがある。水陸斎の歴史的な伝承過程において持続性と変貌の側面を明らかにする作業が非常に重要であり、特に無形文化財として指定される過程で施された潤色・補完作業の実態について綿密な検討が要求される。[*1] これに対しては今後深く研究することにして、本稿では『天地冥陽水陸斎儀纂要』を中心に水陸斎下壇に祀られた霊魂たちの死の様相と儀礼の構造的な特徴を考察する。

水陸斎を行う目的は、大きく二つに集約することができる。すなわち万民の平等を祈願するためと、下壇に祀られたすべての霊魂を追善するためである。これは『水陸無遮平等斎儀撮要』と『天地冥陽水陸斎儀纂要』というような水陸斎と関連した儀礼集の題名によく表れ、前者を「無遮平等」と、後者を「天地冥陽」と結びつけることができる。二つの目的の前後関係は明確ではないが、後代になるにつれて下壇に祀られた霊魂たちを追善しようとする目的がより強調されてきたと思われる。下壇の霊魂たちは、謂わば有主無主の孤魂の存在であるのでこの世を去ることが出来ない。水陸斎は、その目的をどちらに置くにしろ、基本的に死と関連した仏教儀礼だということに変わりはない。

二　下壇に祀られた霊魂（霊駕）たちの存在様相

下壇に祀られた霊魂は「召請下位篇」によく表れている。「一心奉請」で始まる慣用的な表現を通して反復的に様々な霊魂を招くのである。多少長くなるが、死の多様な様相を示すために当該部分を以下に引用する。*2

――四空、四禅、三梵、六欲、天人など、業の果報は受けても業の感応によって様々な世界で輪廻し、十方の法界から知見を失った天神や仙人たちとそれに従う眷属。

――地位は世主と称され、国では冥王と呼ばれ、宝座を受け継いで八荒に降臨なさって護符を並ばせて四海の中心を定め、十方法界に先に入った古今のあらゆる帝王、名君、妃と王の愛を受けていた者たちの眷属。

――職位は寵愛された宰相にあって、席は高党にありながら、ひたすら忠誠と孝誠の丹心を尽くし、万世に名声が伝わって消えることのない人々と十方法界に先に入った古今のあらゆる者たちと大臣、宰相たちと忠誠心が強くて義を重んじる将軍たちとその眷属。

――中有に留まるが、宿世《すくせ》の業がないので、山や石に妨げられることなく、香と花の供養を受けることができる。栄華を捨てて出家した比丘、比丘尼、式叉摩那《しきしゃまな》、沙弥、沙弥尼たちと十方法界に先に入った古今のあらゆる者たちと苦行する僧侶たちとその眷属。

――業は三毒に因縁して識は四類に転々し、殺して盗むところを循環しながら、根源が愚かで、貪欲と淫心

津寛寺　水陸斎　下壇に祀られた　甘露幀画

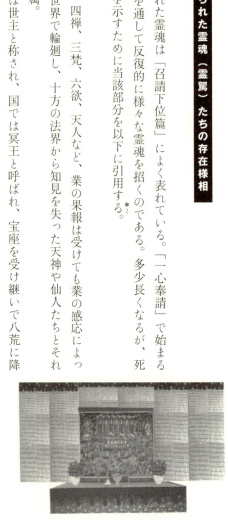

に堅固して本性を失ってしまう。今夜施主某が招請する某の霊魂が首領になるバイシャとスードラの人々とその眷属。

――金剛水辺と鉄囲山《てっちせん》の間の五つの無間《むけん》地獄、八寒地獄、八熱地獄、火湯地獄、刀山地獄、鉄の網が張られ火の城郭で囲まれたところに、銅の柱に縛られ鉄の寝台にいる群れ、そして十方法界の長夜に火に燃やされ、阿鼻地獄で苦しめられる衆生とあらゆる有情。

――鑊湯《かくとう》地獄、爐炭地獄、煻灰地獄、爆熱地獄、刀病地獄、刀熱地獄、淫血地獄、剝皮地獄、抜舌地獄、釘身地獄、犁耕《りこう》地獄、斧斫地獄、灰河地獄、沸屎地獄、寒氷地獄、淤泥《おでい》地獄など、十方法界に八万四千地獄道の中の有情とそれに従う眷属。

――業は十悪により作られるが、受ける果報は様々で、昼は汚いものを食べてひもじい腹を満たし、夜は森や山中に入って家を建て、針のような喉、壺のような腹、火炎の口と燃える頭を持った三十六部、恒河の砂のように多い餓鬼たちと十方法界に何劫をも飢えに苦しむ餓鬼道でさまようあらゆる衆生たちとその眷属。

――業報に従い類を付与され、果報により命を受け、一万類の一千形相の因縁が始まり、水中陸地虚空に処して暮らすことになる。羽や毛があったり、鱗や堅皮があったり、脱皮し飛んだりするなど、霊魂を持った衆生と動く微生物たち、巣や穴を作って住む微生物たち、畜生と十方法界で力が強くて食い殺し合う放生途中にあるものたち、体は大きいが微賤な才質を持ったあらゆる衆生たちとその眷属。

――食物がない凶作の時に慌ただしく各地をさまよい果て他郷で飢え死にしたり、他郷で凍死したりした者たち、老年の世話をする人がいなく、幼年の頼るところがなく、よろけるばかりの寂しい人達、苦しみを抱いて亡くなった霊魂たちと十方法界で空腹による凍死、餓死のように苦痛で死んだ霊たち、主のいない寂しい霊魂たちとその眷属。

――業報により殺害され、病に悩まされ、脳卒中の苦痛の中で息が絶え、ずきずきする痛みを堪えながら命を落とした人たち、十方法界で病によって苦痛の中で死ぬ霊魂たちとその眷属。

——宿世の恨みで互いに敵になり、両陣営で交戦の中、槍や矢、刀、剣によって命を落とした霊魂、十方法界の軍陣で殺傷された将軍と兵卒たち、苦痛の中で死んでしまう霊たちとその眷属。

——恨みがあっても訴えるところがないため自害したり、訴えられて苦痛の中で死んだりした霊魂、十方法界で財物によって命を落としたり、感情と儀式に束縛されて自ら首をくくったり、川に落ちて苦痛の中で死んだりした霊魂たちとその眷属。

——罪を犯すとその果報を避けることが難しい。獣に噛まれたり、毒虫に刺されたり、車の下敷きにされたり、馬に踏まれたり、馬から落ちて死んだり、壁が崩れ、家が壊れ、石が転がり、岩が落ち、山の冷たい風や風土病、野火や洪水によって命を落としたりした人々、十方法界で恐怖から逃れられず、救われず夭折した霊魂たち、苦痛の中で死んだ霊魂たちとその眷属。

——財物のため敵になったり、情欲のためお互いに復讐をしたり、密かに入れられた毒薬で目を病んだり、槍や刀によって害を受けたり、医者が針や灸を間違って使ったり、思わず毒薬を飲んで肺腑が腐り早く死んだりした霊魂、十方法界で仇を避けることが出来なかったり薬の中毒の苦痛の中で死んだ霊魂とその眷属。

——忠誠と仁義を尽くさず繰り返し五つの罪を犯し、市中引き回しの上斬首されて首が地面に転がったり、財物のため訴訟により投獄され囚人になったり、自己弁護できず刑罰で一生を終えたり、十方法界で法律によって刑罰を受けて投獄され苦痛の中で死んだ霊魂たちとその眷属。

——やがて三悪道を免《まぬが》れて四大がはじまり、受胎されたものの、最初から一人で死んだり、出産の時母子が一緒に命を落としたりした霊魂たち、十方法界で堕胎されて腹に宿れなかった胎児、身分の高低の婦女子たち、苦痛の中で死んだ霊魂たちとその眷属。

——仁道に反して天が下した災難に遭ったり、鬼神に殺されたり、落雷で死んだり、生業に励んで商売に出た異域の他郷で海や水に沈んで死んだり、入り江や川に落ちて命を落としたりした霊魂たち、盗賊に遭ったり、刀と棒によって害を受けたりした孤魂たち、十方法界で商売によって利益を得ようとして大水に漂流し、苦痛の中で死んだ霊たちとその眷属。

——蛍雪の功を積んだ秀才と学識の豊かな書生が科挙に行く途中に病死したり、科挙に落ちて希望を失って鬱になって命を落としたり、州府郡県の税金徴収の官吏として寂しく旅館で命を落としたりした霊魂たち、十方法界で体を病んで喉が渇き、栄養不足で命を落とした霊魂たちと苦痛の中で死んだ霊魂たちとその眷属。

——仇に復讐されたり、肉親を恨む心を抱いたり、師匠と弟子が互いに害し合ったり、父子が殺し合ったり、主人が奴婢を、または奴婢が主人を殺したり、夫婦が不和で喧嘩し殺傷したり、六博《りくはく》で屈辱を受けたり、双六や囲碁に耽け、酒に狂い、投壺を楽しむ際に棒を振るい合って死んだりした霊魂たち、十方法界で恨みによって殺戮し苦痛の中で死んだ霊魂たちとその眷属。

——業の果報も深くて重いが、華報も軽くはない。占いをする盲人や占いを生業とする人、鬼神を招いて崇める覡《かんなぎ》と巫女、仏教と道教も弁《わきま》えず、霊薬を作って丹薬を煎じながら苦行する儒生や道士と女冠、町と城内に住まず定まった家も居所もなく怪異な言葉で憂いを解いてくれる楽士たち、十方法界で邪悪で間違った見解を信じ、その苦痛の中で死んだ霊魂たちとその眷属。

——塵の数のように多い世の中、士大部洲、十方三世、人間世界の人々の姓の有無にかかわらず、帝王后妃、文武官僚、比丘比丘尼、儒生と道士、士農工商など、一万種類の衆生たちと其々の眷属。「死んだ霊魂もここに入れる」斎をあげる施主、道場に集まった人、九世玄孫と七代先祖、五族と六親、数多い生の間の師匠、様々な世代の宗親、昔もしくは近来亡くなった親族、このように数え切れないほど多く、可哀想で一つ一つの世界に満ちている一人一人すべての人たち。

——塵の数のように多い世の中、士大部洲、十方三世の孤魂たち、天によって死んだり、雷に打たれて死んだり、鬼神に排斥されて死んだり、死刑場で死んだり、牢屋で尽きたり、刃物で殺されたり、盗賊たちに殺されたり、病んだ体でさまよいながら凍死・餓死したり、火に燃やされたり、水に溺れたり、獣に噛まれたり、虫に刺されたり、折れた木や岩の下敷きになったり、垣が崩れたり家が壊れたり、車の下敷きになったり、馬から落ちたり、妊娠中に堕胎し天寿を全うできず夭折した霊魂たち、このように数え切れないほど多く、可哀想で一つ一つの世界に満ちている一人一人のすべての人たち。

——塵の数のように多い世の中、十大部洲、十方三世、三悪道中の衆生たち、地府と酆都《ほうと》地獄、大小の鉄囲山の根本とその近辺のすべての地獄、針のような喉に大きい口と大きい腹、毛からは悪臭がして財産がないか或いは少ない餓鬼、胎生、卵生、湿生、化生、そして羽毛や毛や鱗や堅皮があったり、体が大きかったり小さかったりするすべての放生、認識と精神は揃っていても形質がまだ分かれていなかったりする六道周辺の衆生、このように数え切れないほど多く、可哀想で一つ一つの世界に満ちている一人一人のすべての人たち。

下壇に祀られた霊魂たちには四空四禅、三梵六欲、天人眷属、帝王后妃、文武官僚、僧尼有道、士農工商、尊卑男女、万有群衆など、すべての衆生が網羅されていることがわかる。俗世では貴賤と高下そして智愚などがあるが、いくら位の高い貴い身分であっても予期せぬ状況から夭折した存在は本質的に不幸である。それに祭祀を担うべき子孫もいなく墓もないということになると、その不幸は倍になる。下壇に祀られた霊魂たちは天寿を全うできず夭折した存在であり、基本的には中陰神の性質を持っている。中陰神は死後あの世に行くことができず、この世に留まりさまよう神のことを指す。その神（霊魂）は、執着を持っており生前の因縁を追い続けさまようので、その霊魂だけではなく生きている因縁にもよくない存在になる。だからこそ霊魂たちを祭り、業障を消滅させ、正しい道を選んで六道修行に力を尽くし解脱できるようにする儀式が必要である。上壇と中壇に上位神格を納める理由がそこにある。

三　三壇を中心にみた水陸斎の構造的な特徴

水陸斎の構造的な特徴は、設行・斎次・供養の方式など、多様な側面から眺望することが出来る。中でも水陸斎の最も核心的な特徴を三壇から探ることが出来る。三壇というのは、上壇、中壇、そして下壇であり、上壇と中壇には、下壇に祀られている霊魂たちの追善と無遮平等のために上位神格が祀られている。

上壇には四聖を祀る。四聖というのは、毘盧遮那仏、盧舎那仏、釈迦牟尼仏、阿弥陀仏を含む十方世界すべての仏と、大華厳経、大般涅槃経、大般若経、大宝積経のような真理の宝物、そして普賢菩薩、文殊菩薩、阿難尊者、木連尊者などの僧家の宝物のことを指す。中壇には天蔵菩薩、地蔵菩薩、持地菩薩、天神・天竜など天界衆、土と虚空にある地界衆、そして閻魔界の冥君などを祀る。そして下壇には餓鬼と地獄衆生、孤魂と怨魂などの六道輪廻の衆生を祀る。

このような神格は、基本的には中国から輸入されたものだと考えられる。中国の水陸斎で祭られる神格を以下にまとめた。

白雲寺 水陸斎 上壇に祀られた掛仏

白雲寺 水陸斎 中壇に祀られた地蔵菩薩、天蔵菩薩、地持菩薩

①上堂：仏、菩薩、縁覚、声聞、明王、天龍八部護法神[*3]、婆羅門仙人など。
②中堂：梵天、帝釈、列曜星君、二十八宿、一切尊神など。
③下堂：五嶽河海、大地龍神、往古人倫、阿修羅衆、冥官眷属、地獄衆生、幽魂滞魄、無主無依諸鬼神衆、法界旁生など。[*4]

①上堂：諸仏、諸菩薩、諸弟子、羅漢など。
②中堂：四大天王、帝釈天主、三十二天、金剛密跡、天龍八部などの護法神。
③下堂：地獄諸王、閻羅天子、五道大神、善悪童子、牛頭馬面《ごずばめん》、その他の鬼神など。

以上のように、中国の納められた神格は、韓国とほぼ同じであるが、幾つかの相違点を指摘することができる。たとえば閻羅天子は、中国では下堂に祀られるのに対し、韓国では中段に祀られている。また中国の水陸斎においては「堂」の字を使っているが、韓国では「壇」の字を用いていることも指摘できる。これは、中国の水陸斎の道場が内壇と外壇で構成され、上堂と中堂、そして下堂に関わる儀式は内壇において行われるため「堂」と称しているのであろう。

上壇に祀られた神格は解脱した聖人に属する存在である。万民平等の観点からすると、上壇に祀られた神格と下壇に祀られた霊魂の間に位階と差異は存在しないといえるが、必ずしもそうとは限らない。下壇に祀られた霊魂たちの追善を祈願するのが上壇を設置した主な目的である。

中壇に祀られた神格は天蔵菩薩、持地菩薩、地蔵菩薩などと閻羅王などを指す。神衆の性格を持っている彼らの役割もまた上壇と同様に、下壇に祀られた霊魂の追善のために祀られたのである。

上壇は法堂の広前の中央に壇を置き、仏の絵を掛けて設置する。上壇儀式は四聖を招請して上壇に祀って供養をあげる儀式であるが、「召請上位篇」「奉迎赴浴篇」「讃歎灌浴《かんよく》篇」「引聖帰位篇」「献座安位篇」「讃礼三宝篇」の順番で進行される。

中壇荘厳の配置は荘厳と似ているが、仏の絵に代わって三蔵幀画を配置し、仏牌の代わりに三蔵菩薩牌を配置する。三蔵幀画は天蔵・地蔵・持地菩薩の三大菩薩の法会を図像化した仏画で、韓国でしか発見されない幀画である。中壇に祀られた神格と付合するので配置されるのである。三蔵菩薩牌を祀った壇の下には供養物を陳設して壇上の両側には紙貨が荘厳され、壇上には各種の幡《はた》が配置される。中壇儀式は「召請中位篇」「奉迎赴浴篇」「加持澡《そうよく》浴篇」「出浴参聖篇」「天仙礼聖篇」「献座安位篇」の順番で進行される。ところで中壇に三蔵幀画が配置されるのが古くからの伝承であるか、それとも近来になってから新しく加えられたことであるかは多角的に検討する必要がある。幀画は、常に本展に祀られているのが本来で、野外に設けられた壇には「位目」だけが置かれたという説もあるからである。

下壇には甘露幀画を配置して天類、帝王、后妃、将臣、男神、女神の位牌を配置する。下壇に甘露幀画を配置し始めた時期に関しては、三蔵幀画と同様もう少し綿密な検討が要求される。

下壇儀式は大きく三つの部分に分けて考えることが出来る。最初は下位の対象を招請して灌浴させた後、席に座らせる儀式が行われる。これは「召請下位篇」「引詣香浴篇」「加持燥浴篇」「加持化衣篇」「授衣服飾篇」「出浴参聖篇」「孤魂礼聖篇」「受位安座篇」の順番で進行される。

続いて上位と中位に供養をあげて下位の霊魂に施食する儀式が行われる。これは「祈聖加持篇」「普伸拝献篇」「供聖廻向篇」「祈聖加持篇」「普伸拝献篇」「供聖廻向篇」「宣密加持篇」「加持滅罪篇」「呪食現功篇」「孤魂受饗篇」の順番で進行される。

最後に下位の対象である霊魂と参加した大衆に授戒する儀式が行われる。この儀式は、「説示因縁篇」「願聖垂恩篇」「請聖受戒篇」「懺除業障篇」「発弘誓願篇」「捨邪帰正篇」「釈相護持篇」「得戒逍遙篇」「修成十度篇」「依十獲果篇」「観行偈讃《げさん》篇」の順番で進行される。下壇招請の特徴は、上壇や中壇の場合に比べて非常に拡大されて現れるということである。津寛寺の水陸斎における儀式は、百十回に上る細かい儀式で構成されている。下壇招請の核心が霊魂及び孤魂の招請にあるからである。

各壇が設けられる前に神格の案内者として使者が登場する「使者壇」が行われる。「使者壇」は、使者を招請してもてなした後、メッセージを託して文章を送ることである。ただ問題は使者の職能が何かという点である。使者は年直使者、月直使者、日直使者、時直使者、監済使者、直符使者の六使者を指す。これらの使者の基本的な役割は、下壇に祀られる霊魂たちをよく案内し祭儀の空間へ導くことである。使者は、上壇と中壇に祀られる神格を案内することはしない。

使者壇と共に五路壇が設置されているが、五路壇は東西南北の中央の道を治める聖賢を祀るところである。五路壇を設置する理由は下壇に祀る霊魂たちが道場に無事に戻ってくるようにするところにある。しかし、五つの方位を管理する聖賢に発願して中壇に祀られた聖賢たちが道場に無事降りてくるようにするために五路壇を設置したとの視点もある。上壇に祀られた神格はまだ完全な悟りを得た状態に至ってないからという意見である。しかし、上壇と共に中壇に祀られた神格もまた聖賢の位に上った存在であるという側面から、その意見はあまりに説得力はないと思われ、五路壇は下壇に祀る霊魂たちのためのものと考えたい。

白雲寺 水陸斎の使者壇

白雲寺 水陸斎の馬廐壇

水陸斎に設置された壇の中央に馬廐壇がある。馬の存在理由と役割は如何なるものであったのであろうか。こ

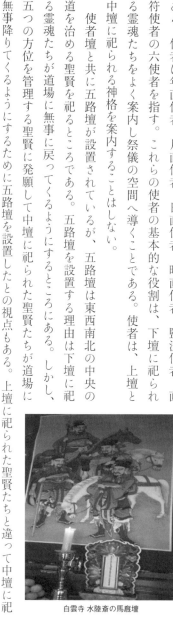

の馬廐壇は、使者たちが乗る馬のために設置された壇とする見解がある。一方使者は、自由にどこへでも行ける存在なので敢えて馬に乗る必要はないと批判し、馬廐壇は霊魂たちの紙銭を運ぶ存在であるとする見解がある。使者は、自由自在に行き交う存在であることを考慮すると、馬廐壇の設置理由は後者に近いと思われる。

上壇と中壇、そして下壇の間には位階秩序がある。上壇と中壇に祀られた神格は下壇に祀られた霊魂たちの追善を助けるという点において下壇よりは上位神格である。上壇は当然中壇より上位である。中壇儀式の中で中壇の神格が上壇に祀られた聖人たちに礼を言う「天仙礼聖篇」があるのも、そのことを傍証していると言える。

そして各壇の内部にも位階が存在する。上壇に祀られた神格の間にも差異があるということである。たとえば中壇に祀られた神格中、地蔵菩薩は冥府十王より上位である。下壇に祀られた霊魂の間にも位階があって、四空四禅・三梵六欲・天人眷属が上位で、帝王后妃・文武官僚・僧尼有道が中位で、士農工商・尊卑男女・万有群衆が下位に該当する。

三和寺の水陸斎は、各壇において「灌浴」が行われる。しかし津寛寺の水陸斎においては昼の斎のみ「灌浴」が行われ、夜の斎では省略される。そして昼の斎の「灌浴」は、布施者が発願した霊魂を対象としている。これは、二つの認識に基づいていると考えられる。上壇に祀られる仏は敢えて灌浴する必要がないという認識と、下壇に祀られた霊魂には「灌浴」より「施食」がより必要だという認識である。

四　おわりに

水陸斎は、万民平等の祈願を追求すると同時に孤魂たちを追善することで、究極的に国家や故人の安寧を求める仏教儀礼である。上壇と中壇は、孤魂の霊たちが祀られている下壇との関わりの中で意味を持つ。だから水陸斎の核心は三壇にあり、三壇に祀られた神格の位相と性格を考慮して前後の細かい祭儀が配置されていると言える。本稿において水陸斎の構造を考察し、使者壇、五路壇、馬廐壇などの機能や役割を三壇と関連付けて解明しようとした理由もそこにある。

注

＊1　津寛寺の水陸斎はドンヒ和尚、三和寺の水陸斎はインムク和尚、そして白雲寺の水陸斎はソクボン和尚が主導して再興されたといえる。三寺で設行されている水陸斎は二〇一四年重要無形文化財に指定された。

＊2　イム・ジョンウク訳注『天地冥陽水陸斎儀纂要』東海市、二〇〇七年、九〇～一〇二頁参照。

＊3　ここでは天龍八部護法神を上堂に納めると記したが、神将の性質があるので中堂に納めた方がより自然だと思われる。

＊4　戴暁雲「北水陸法会修斎儀軌考」、『世界宗教研究』二〇〇八年、五〇頁。

参考文献

- 大韓仏教曹渓宗三角山津寛寺『津寛寺水陸大斎』津寛寺水陸斎保存会、二〇一一年。
- ヨン・ゼヨン「朝鮮時代甘露幀画の下壇場面と社会相の相関性」、『韓国文化』四十九、ソウル大奎章閣韓国学研究院、二〇一〇年。
- ヨン・ゼヨン『韓国水陸斎の儀礼と設行様相』高麗大博士論文、二〇一五年二月。
- イム・ジョンウク訳注『天地冥陽水陸斎儀纂要』東海市、二〇〇七年。
- 戴暁雲「北水陸法会修斎儀軌考」、『世界宗教研究』二〇〇八年、第一期。
- 謝生保、謝静「敦煌文献与水陸法会――敦煌唐五代時期水路法会研究――」、『敦煌研究』二集、二〇〇六年二月。

朝鮮王朝社会における儒教的転換と死生観の変化

姜祥淳

一 序論

現代の韓国人にとって、朝鮮時代（一三九二〜一九一〇）は、肯定的にも否定的にも、非常に特別な意味を持つ時期である。なぜなら、今日の韓国人が、古い伝統文化と感じるものの大半が、朝鮮王朝五百年余を経過しつつ、形成・変形・累積されてきたものであるからである。特に、朝鮮時代を通して、強力かつ持続的に推進された「儒教的（礼教社会への）転換」は、韓国文化に広くも深い跡を残した。朝鮮王朝が受容した性理学は、国家を運営する統治原理としてのみ、作用していたわけではなく、社会的関係や道徳規範、親族秩序、家族観念などを形成し規律する支配理念として機能した。もちろん、朝鮮時代以前から存在していた仏教や巫俗《ふぞく》は、朝鮮社会の儒教的転換においても失われることなく、民衆と女性層を中心に強靭に生き残ったが、これもやはり儒教化の影響を受けない訳にはいかなかった。そのため今日まで続いている韓国の仏教や巫俗には、儒教の道徳観・価値観が濃厚にあらわれている。

死の観念についても、また同様である。朝鮮時代以前の高麗時代までは、死や死後の世界などの問題について、主に仏教や巫俗の死生観によって説明され、仏教式・巫俗式の祭儀を通して処理されていた。しかし、朝鮮社会の儒教的転換以後は、儒教の死生観と祭儀が、次第にそれらに代わっていった。依然として一方では、亡者の冥福を祈願する仏教式の天道斎や、巫俗式の神霊を鎮める儀式（굿：グッ）が、行われたりもしていたが、朝鮮後期になると、儒教の喪祭礼が、ほとんどの家族・家門の遵守する生活儀礼として、定着するようになっていったのである。

ところで、朝鮮を開国した支配層による新儒学[*1]の受容と、それによって起こった社会の変化を、マルチナ・ドイヒラー（Martina Deuchler）は、「韓国社会の儒教的転換（The Confucian Transformation of Korea）」という概念で捉え、説明している。[*2]この概念は、既存の研究において部分的に明らかにされてきた朝鮮時代の主要な社会変化、例えば父系と嫡長子を重視する宗法的家族主義の受容・拡散と、それに基づいた制度や儀礼の変化などを、効果的に説明し得る型を提供してくれた。したがって、朝鮮時代を研究する人々に、大きな影響を及ぼしたのであるが、本稿にて筆者もまた、この概念を借りて、朝鮮時代に入ってあらわれた死生観の変化を説明してみようと思う。

しかし、「朝鮮社会の儒教的転換」とは、意外にもそれほど一方的で滑らかな過程ではなかったというのが、本稿にて筆者の強調したいもう一つの論点である。朝鮮の支配層であった士大夫の男性らは、性理学を掲げて在来の仏教・巫俗の死生観や祭儀を迷信と規定し、それらを弾圧したが、仏教や巫俗は、民衆や女性層を中心に、根強く存続したのみならず、儒教の死生観や祭儀にまで浸透し、その内容と性格を部分的に変えていた。先に、儒教化以後の仏教や巫俗は、儒教の道徳や価値に染まったと述べたが、他方からみれば、儒教化以後の儒教もまた、仏教や巫俗の死生観に感染したともいえるのである。

本稿は、朝鮮社会における儒教的転換が、死に関する認識に、どのような変化をもたらしたかについて、簡略に検討してみることを目標としている。筆者は、儒教的転換とそれに伴う死生観の変化を、朝鮮社会の性格を深層的に規定した大変重要な文明史的事件と捉えている。そしてこれは、筆者は日本の歴史については門外漢ではあるものの、高麗時代まで日本と同じような仏教国家であった韓国が、朝鮮時代以降、日本とずいぶん異なった方向へ発展していった点を理解するにも、一助となり得ると考える。[*3]

そのために筆者が参照した資料は、『朝鮮王朝実録』などの歴史記録、朝鮮時代の儒者たちの、死についての理論的立場を述べた鬼神死生論、儒学の知識人である士大夫らが、自ら見聞したことを記録した筆記・野談・日記類の著述、そして、冥婚（霊との恋愛）をモチーフとした伝奇小説などである。なかでも筆者が最も注目して分析してきた資料は、筆記・野談類の著述であるが、仲間内や民間に流れていた話を、自由な散文という形式にて記録したこれらの著述は、性理学の理念のみに完全には縛られなかった朝鮮時代の人々の精神世界を、幅広く見せてくれるテキストだと判断したからである。もちろん、これ以外の資料も、それなりの価値がある。歴史記録には、儒教の礼教社会を構築するための支配層の努力と、それにも関わらず、簡単には従わなかった在来の信仰間の葛藤が記録されており、鬼神死生論には、朱熹《しゅき》の性理学における鬼神論を積極的に受け入れつつも、これを朝鮮の現実にあわせて適用させようとした儒者の苦悩が込められており、冥婚を素材とした伝奇小説には、性理学の鬼神死生論だけでは解消され得なかった、作家らの脱現実的衝動が表現されている。これらの資料を通して、死に関する韓国人の伝統的観念が形成されていく過程がうかがえることだろう。

二　儒教的儀礼の実践と性理学的鬼神死生論の受容

朝鮮は、性理学という新しい思想を基盤として、理想的な儒教の国を実現させようと企てた儒者たちが主体となって建設した王朝国家であった。朝鮮の王家は、元明交替期にあった高麗末に武功をたてて名声を得た武将李成桂と、彼の後孫へとつながっていったが、実質的に朝鮮という新しい国の支配体制を構築し、支配理念を提示したのは、士大夫らであった。内憂外患と民生破綻によって崩壊していった高麗王朝に代わり、朝鮮王朝を建国した士大夫らは、新しい国の支配理念として性理学を採択した。そして、その理念を基に、宋の性理学者が夢見た、宗法原理にもとづいた士族中心の儒教の礼教社会を構築しようとしたのである。

ところが、そのために儒者たちが特に力を注いだのは、在来の仏教・巫俗の信仰および祭儀の打破であった。仏教は、新羅から高麗までの千年余り、国家宗教として君臨してきており、巫俗は、仏教の受容以前から、韓国人の無意識のうちに深く根をおろしていた。特に、仏教や巫俗は、前近代人の最も恐れていた死や病などに対して、呪術的処方と宗教的慰安を提供してきた、古来の宗教文化だという点で、簡単には否定され得ないものであった。朝鮮前期の士大夫らの残した『黙斎日記』や『眉巌日記』などの日記資料を見ると、儒者の家ですら、誰かが病気になったり死んだとき、巫俗の祭礼や仏教の斎を頻繁に行っていたことが分かる。

亡き娘のために、後庭にて巫事をした。

（為亡女児、作巫事于後家庭．〈黙斎日記〉一五五一年十月十五日）

死んだ息子の四十九日であった。下の家の南庭にて野祭をおこなった。花園から来た巫女がグッをおこなった。上下の庁にて皆号泣した。私は堂にいたが、耳が静を得ることはなかった。

（亡子七七日、作野祭于下家南庭．花園巫女来事、上下庁皆号哭．吾雖在堂、耳不得静焉．〈黙斎日記〉一五五七年八月十四日）

このように上下層全般に広く深く根をはっていた仏教・巫俗の信仰と祭儀を打破するため、朝鮮開国以来儒者たちは、二方面から奮闘しなければならなかった。一つは、実践的方面から、在来の巫俗・仏教の祭儀を淫祀[*5]と規定して抑圧しつつ、それを儒教の祭儀に代えていくものであった。そしてもう一つは、理論的方面から、巫俗・仏教の信仰を迷信として批判しつつ、性理学に基づいた新たな死生観を提示するというものであった。

まずは、前者から検討してみよう。朝鮮を開国した儒者たちは、国や郷村、家族単位で行われてきた在来の各種巫俗・仏教の祭儀を淫祀として批判し、それを儒教の祭儀に代えていこうとした。朝鮮前期の歴史記録や筆記類の著作には、儒者たちの既存の仏教・巫俗の祭儀を打破するために行った、実際の努力が多数記録されているが、戦乱や伝染病などによって死んだ無主孤魂を慰撫するため、国家レベルでおこなわれていた仏教式の水陸斎を、儒教式の厲祭《れいさい》にて代替するようにしたことや、郷村レベルで挙行されていた巫俗式の城隍祭を弾圧、城隍堂を壊したり巫女を追い出したこと、儒者が巫俗式または仏教式の喪祭礼をおこなった場合は処罰し、儒教の喪祭礼を遵守するように強制したこと等を、その代表的な事例として挙げることができる。儀礼とは、実践の積み重ねを通して、特定の理念や価値を体に覚えさせる核心的メカニズムだといえる。したがって、朝鮮を儒教の礼教社会へと転換させるためには、まず儒教における儀礼の実践を強制する必要があったのである。

それとともに、朝鮮を建国した儒者たちは、当時民間に広くゆきわたっていた巫俗・仏教の死生観を理論的に克服し、性理学に基づいた新しい視点を提示しようとした。仏教の死生観に対する哲学的批判は、朝鮮建国直後の一三九八年、鄭道伝の著した『仏氏雑弁』においてすでに本格化していたが、そこで鄭道伝は、仏教で言う輪廻・地獄・因果応報の説とは、すべて迷信にすぎないと批判している。そして、十五~十六世紀には、金時習、成俔《せいけん》、南孝温《なんこうおん》、徐敬徳《じょけいとく》、李滉《りこう》、李珥《りじ》など、代表的な儒者たちの幽霊や死についての哲学的エッセイ、すなわち「鬼神死生論」が相次いで著述された。[*6]彼らの鬼神死生論は、当時民間に広くゆきわたっていた、呪術的で神秘主義的かつ実体論的な幽霊観・死生観を否定し、性理学にもとづいた合理的かつ道徳的で現世中心的な幽霊観・死生観を提示することに、その目標を据えていた。[*7]

性理学の鬼神論、あるいは鬼神死生論とは、「鬼神は、造化の跡である（鬼神者、造化之迹也）」という程頤《ていい》の命題と、「鬼神は、二気の良能である（鬼神者、二気之良能也）」という張載《ちょうさい》の命題を結合させて、朱熹が体系化した理論である。朱熹は、鬼神を、陰陽という二気の屈伸・往復・生滅・集散運動を指示する用語として、再概念化することによって、超越的実体（一物）としての鬼神や死後の世界を認めない、一元論的な理論体系を構築しようとした。もちろん、このような朱熹の鬼神論は、「鬼神を自然化」するだけでなく、「自然を鬼神化」するものでもあって、[*8] 無鬼論的な自然哲学にも、あるいは有神論（汎神論）的な神秘哲学にも、解釈され得る余地がある。[*9] しかし、朱熹が懸命に批判し、克服しようとしたものが、南宋の時代、新安地域の民衆のなかに深く根付いていた呪術的で神秘主義的かつ実体論的な幽霊観・死生観であったことは、はっきりしている。

朝鮮時代における性理学者らも、同様の考えから朱熹の鬼神論を受容していた。彼らは、宇宙万物の生滅は、気の運動にて説明され得るという考え、気の運動が繰りひろげられるこの世界以外に、他に存在する異次元の世界――たとえば死後の世界――など、あり得ないという考えを共有していた。金時習（一四三五～一四九三）の伝奇小説『南炎浮洲志』には、そのような考えが明示されていて、南炎浮洲という地獄を治める閻羅王は、儒者の朴生に遇ったとき、次のように述べている。

> 事物の終始は、陰陽の合散にて成さないものは無い。また、天地をまつるのは、陰陽の造化を尊ぶことであり、山川をまつるのは、気化の昇降に報うためである。先祖をまつるのは、その恩恵に報うためであり、六神をまつるのは、禍から免れるためである。皆人をしてその敬を尽くさせるためで、それらに形や性質があって、みだりに人間に禍福を加えるからではない。（然物之終始、無非陰陽合散之所為。且祭天地、所以謹陰陽之造化也。

祀山川、所以報気化之升降也．享祖考、所以報本、祀六神、所以免禍．皆使人致其敬也．非有形質、以妄加禍福於人間．〈南炎浮洲志〉）

どうして乾坤の外にまた乾坤があり、天地の外に更に天地があろうか。（豈有乾坤之外、復有乾坤、天地之外、更有天地乎．〈南炎浮洲志〉）

金時習は、自然の万物とは、陰陽の二気が集まり散ることによって生滅するだけであり、祭祀とは、自然の造化や祖先の恩恵に報い、自己を戒めるために行うものであって、形や性質を有する幽霊が存在して禍福をくだすから行うものではないと、閻羅王の言葉を借りて述べている。そして、閻羅王の言葉を借りて、我々の住む現実世界（乾坤）以外に、他の世界はないとも宣言している。閻羅王の台詞を通して、死後の世界の実在を否定するこの逆説的会話によって我々は、朝鮮時代の儒学者の構築しようとした、一元論的で現実主義的な死生観がどのようなものであったか、その概要をうかがうことができる。*10

もちろん、金時習をはじめとする儒者たちも、朱熹がそうであったように、厲鬼《れいき》・寃鬼《えんき》・妖鬼など、怪異な存在の実体性については認めている。朱熹もまた、「死すれば気が散じ、全く痕迹のなくなるのが正常」*11としたが、同時に、「天命を全うせずして死に、その気が散じないものは、固まって妖怪になる」*12とも認めていた。しかし、このような存在は、天地の自然に返ることのできない凝り固まった気（鬱結之気）であるだけで、祭祀を捧ぐべき正当な鬼神でもなく、死後世界の実在を証明してくれる存在でもない。もう一度金時習の言葉を引いてみよう。

鬼とは屈であり、神とは伸である。したがって、屈伸するものが造化の神である。これに対して、屈せども伸じ得ないものは、すなわち凝り固まった妖怪なのである。神は、造化と合致する故、陰陽とあわさり、終始をともにして跡がない。これに対して妖怪は、凝り固まって滞っている故、人と獣が混ざって恨みを生じ、

形を有する。（鬼者、屈也．神者、伸也．屈而伸者、造化之神也．屈而不伸者、乃鬱結之妖也．合造化、故与陰陽終始而無跡．滞鬱結、故混人物寃懟而有形．（南炎浮洲志））

人の心は偽物で、世の道は日に日に落ち、祭祀を冒瀆《ぼうとく》するので、神はこれをたすけず、陰陽は序列を失い、荒々しい気が流れるのである。つまらないあの妖物が、叢祠に依って民に酒肉を要求し、むやみに威厳と権勢をふるって人の世を騙り惑わせても、誰もこれを防ぐことができない。（人情詐偽、世道日降、黷于祀事、神不之祐、陰陽失序、厲気流行．蕞彼妖物、依彼叢祠、邀民牲醴、擅作威権、迂惑人世、莫之可遏．（鬼神））

金時習にとって、正当な祭祀の対象となり得る神とは、自然の造化のなかに返って痕跡を残さない自然そのものの生命力、あるいは力量（conatus）のようなものである。その反面、当時民間において崇拝されていた実体を有する鬼神は、凝り固まった気で、形体を有したまま現われ、人々を惑わす妖鬼であるのみである。特に金時習は、巫覡《ふげき》とはそれら妖鬼たちに仕え、人々をして財を浪費させる者であると、猛烈に批判を加えているが、巫俗に対するこのような否定的認識は、朝鮮前期の儒者たちが残した鬼神死生論に、ほぼ共通的にあらわれているものである。以上のように、朝鮮前期の儒者たちは、性理学の鬼神論にもとづいて、当時の民間に広くゆきわたっていた巫俗や仏教を元にした、呪術的で実体論的かつ神秘主義的な幽霊観・死後観を、惑世誣民《わくせいぶみん》の迷信として批判していたのである。

三　儒教的死生観と巫俗・仏教的死生観の葛藤と習合

ところが、性理学者らのこのような努力にもかかわらず、巫俗・仏教の死生観と幽霊観は、簡単に打破され得なかった。なぜなら、巫俗や仏教の幽霊観・死生観は、非常に長い間、根強く存続してきたのみならず、病や死など実存的な限界状況について説明、対処するのに有用だったからである。もちろん、儒教にも、命数論や天人感応説、災異論のような、不可抗力の限界状況について説明する理論があるが、どうしてもこのような易学的、道徳主義的な理論だけでは、人生における多様かつ具体的な困境などを、十分に説明・対処するのに、至らなかったといえるだろう。

事実、儒教化以前の高麗社会までは、死は主に仏教式祭儀や巫俗式祭儀、あるいは仏教と巫俗が習合された形式の祭儀を介して処理された。すなわち、人が死んだら火葬し、寺刹に肖像を祀って仏教式の夫道祭や忌晨《きしん》祭をあげたり、祠堂に先祖の神霊を祀って、巫覡に慰撫させる巫俗式祭儀である衛護をおこなうのが、儒教化以前まで支配層の間で広く行われていた、死の儀式だったのである。このような仏教的祭儀と巫俗的祭儀の前提にある死生観は、儒教の死生観に比べて生と死の断絶性を強調し、鬼神の現世での出没を不吉なものとして受け入れるという点にその特徴があるようである。

まず、韓国の死生観の中で、最も原始的かつ普遍的な、基層をなしている巫俗の死生観について簡単に検討してみよう。張哲秀《ジャンチョルス》が指摘しているように、死を生に連続したものとみなす儒教の死生観に比べ、巫俗的死生観は、死を生と断絶させる苦しいものとみなす[*13]。巫俗において死とは、あの世へ遠い旅に出るように描写されることが多く、亡者にとってこの苦の経験は、容易に受け入れられるものではない。そこで、亡者の魂霊が死を受け入れて難なく旅立てるよう、野祭や衛護のような巫俗の祭儀を施し、その魂霊を慰撫する必要がある。亡者の魂霊を慰め、よろこばせなかった場合、災い（鬼祟）が下るかもしれないからだ。

しかし、このような死生観は、性理学を受け入れた儒学者がみるには、理論的にも隙が多いのみならず、道徳的にも受け容れがたいものであった。朝鮮初期の有名な士大夫官僚、許稠《きょちゅう》（一三六九〜一四三九）は、君主の世宗に、巫俗の儀礼である衛護の反人倫性を批判しながら、その禁止を請うている。

今士大夫の家にて、先祖の神を巫覡の家に任せ、神を護衛するという名目で、奴婢を四、五名まで与えたりもしています。もし与えなければ、父母の神が子孫に病をもたらすというのです。生死が異なるとも、理致は一つであるのに、どうして親の神が子孫を病気にしましょうか。甚だ義理に適わないことなので、司憲府に命じて、厳しく禁じてください。（今士大夫家、以其祖考之神、委巫覡家、号為衛護、或給奴婢至四五口云、若不給、則父母之神病後嗣。幽明雖殊、理則一也、安有父母之神、而病其子孫哉？　甚為非義、請令憲府痛禁。）*14

ここで性理学者の許稠が、特に批判の焦点としているのは、衛護という風習に敷かれている巫俗的幽霊観・死生観の、反儒教的人倫意識についてである。待遇が疎かだからといって、親の霊が子孫に病気をもたらすということは、生と死の断絶性を強調したとき、生きる者と死んだ霊の異質性を強調したときに可能な考えである。それに反して、儒教の死生観においては、人が死ぬとも人倫道徳の秩序や価値は変わらない。「生死が異なるとも、理致は同じ」という箇所が、その意味である。

このような儒教の死生観からすれば、仏教の死生観もまた、巫俗のそれと同じように反人倫的なものとなり得る。もちろん、仏教、特に東アジアの儒教文明に受容された仏教は、『父母恩重経《ぶもおんじゅうきょう》』や『盂蘭盆経《うらぼんきょう》』のように、孝を強調する偽経を捻出してまで、儒教の価値観と妥協している。しかし、輪廻転生のような仏教の核心的教理を認めるとすれば、現実の人倫関係は、前世の因縁によって成るけれども、永久でないこともまた、認めなければならない。そして、仏教では、死んだ先祖の霊魂の極楽往生を祈願する天道祭を施行するが、それでも先祖の幽霊が現世に出没した場合、その幽霊は極楽往生できずに九泉を漂う不幸な霊魂と見るしかなくなる。したがって、このような仏教の死生観と幽霊観は、性理学における鬼神死生論の一元論的理論体系と相応しないのみならず、死んだ先祖と生きた子孫間の気の連続性と、祭祀を通じた感応（感格）を主張する、儒教の死生観・人倫意識とも合わないのである。

このような儒教の死生観とその下にある人倫意識、そして仏教の死生観と人倫意識が、衝突した興味深い事例に、一五一一年の『薛公瓚伝《せっこうさんでん》』をめぐって起こった、筆禍事件をあげることができる。『薛公瓚伝』は、蔡寿《さいじゅ》という名の士大夫官僚の書いた伝奇小説で、幽霊が生きている人間に憑依し、閻羅王の治める死後の世界について語るというのが、主な内容である。[*15] この小説が流行すると、司憲府の官僚らは、輪廻禍福の説を書いたという理由で、著者の蔡壽を絞首刑にて処罰するよう弾劾した。君主であった中宗の庇護により、罷免で終わったが、司憲府の新進官僚らが仏教の教えに拠って小説を創作したという理由で高位の官僚を弾劾したこの事件は、性理学にて武装した新進官僚らが、儒教における礼教社会を実現するため、どれほど内部の取り締まりを徹底し、仏教的死生観について批判的態度を有していたかを、見せてくれる事例だといえる。また、おそらく儒者にとっては、閻羅王の治める死後の世界が存在するという作品の背景設定も、理論的に受け入れがたいものであろうが、死んだ従兄の幽霊が従弟に憑依して彼を苦しませ、叔父が術士を呼んでその幽霊を祓おうとしているという作品の事件設定も、受け入れがたい反人倫的なものと判断されたことだろう。

ただ、儒教化が急に進展した十六世紀と、二度の国際戦争を体験した上で、儒教社会の再建を強力に推進した十七世紀を経過しながら、儒教の死生観にも大きな変化が来たされたようである。その変化が明確にあらわれているのが、十七世紀はじめに創作された『於于野談《おうやだん》』という野談類[*16]である。現存の『於于野談』には、五十編余りの幽霊話（鬼神談）が収められているが、その中の十編余りは、死んだ先祖の鬼神、つまり祖霊に関する話である。それらの話のなかで祖霊は、殮襲《れんしゅう》（訳者注：死体を清めた後、衣を着せて殮布で縛ること）された時の服飾のまま、後孫や知人の前に現われたり、人々が供えた祭物を直接歆饗、つまり食したりする。性理学の鬼神死生論によると、人が死ぬと魂が分離し、結局天地自然のなかに散ずるのが正常だといえる。だとすると、天地自然のなかに散じた先祖の気は、子孫のまつる祭祀をどのように知り、それに感応するのか。先祖の霊は、実体として存在するのか、しないのか。これが十六世紀以降、朝鮮の性理学者らの著した鬼神死生論において、最も重く頻繁に議論されたテーマであった。これについて、朝鮮の性理学を代表する李滉や李珥など、十六世紀の性理学者らは、「霊はあるとも言えず、ないとも言えない。霊の有無は、祭祀をあげる人の誠心にかかっている」[*17]という多少曖昧で折衷的な主張をした。ここには、幽霊の実体性や不滅性を認めないまま、先祖の祭祀に超越的根拠を仕立てようとした、性理学者らの苦心が込められている。つまり、幽霊を陰陽の運動へと自然化した性理学の易学的宇宙論と、祭祀を通して宗法的家族秩序の連続性を確認しようとした実践倫理的要求の緊張と隙間から、このような折衷的で曖昧な答えが提出されたのである。

ところで、『於于野談』の中の祖霊は、死んだときの服装そのままで現われ、祭祀にて供えられた祭物を直接食べたりもしている。『於于野談』から見られはじめた、このような祖霊の話が提示しようとしたメッセージは、はっきりしているようである。すなわち、祖霊は実際に存在し、祭祀はただ先祖の恩恵を記憶するための象徴的儀礼であるのみならず、鬼神が歆饗する実質的かつ実効的儀礼であるということである。祭祀は、儒教が指向した宗法的家族主義を定着させ再生産するのに、非常に重要な役割を有する儀礼であった。一生の儀礼のなかで周期的に反復されるこの儀礼は、儒教の根幹となる親と子の間の血縁的絆を再確認し、宗法的家族主義を再生産させる。そのため朝鮮時代の人々が儀礼の指針書とした『朱子家礼』にも、祭礼に関する論議が最も多くの比重を占めており、また朝鮮時代に綴られた礼学書のなかでも、祭礼に関する著述が最も多かったのである。これを少し誇張して言うならば、儒教の礼教社会を支える力は、宗法的家族主義から来ており、宗法的家族主義を支える力は、祭祀共同体[*18]から来ているとまでも言える。

さて、このような祭祀の価値と重要性を強調するためには、祖霊が実在するという信心が必要である。つまり、儒教の祭祀の複雑な様式と、それに注がれる過度な丹精を合理化し、激励するためには、人格的実体を持つ祖霊が存在するという、信心が必要だということである。その点をうまく明示した『於于野談』に収録されている二つの話を簡単に見てみよう。[*19]

王室の親類、明原君（一四九一〜一五六三）が疫病にかかり、ほぼ死にかけて回復した。彼は、遊魂の状態で巫堂の儀式に参加し、鬼神たちの祭物を食すのを見た。そこで、生き返ってから子孫をあつめ、祭祀を廃止することのないようにと念を押した。

副護軍黄大任（?〜?）の娘が、順懐王子（一五五一〜一五六三）の嬪《ひ》に召された。家門の大きな慶事となったので、黄大任は、都の内にある外家の祠堂にこれを先に告げ、都の外にある宗家には、その次に告げた。すると、急に宗家の祠堂に先祖の魂霊があらわれ、声を荒げて黄大任を捕えてくるよう命じた。そこで、黄大任が跪くと、先祖の霊魂は、なぜ外家を先にして、宗家を後にするかと叱った。黄大任がごちそうを拵えて祭祀をまつると、霊魂は、あの世での装束が礼に合っていないので、作り直して焼いて送るように命じた。しかし、その後、世子と世子嬪は両者とも夭折し、黄大任も流刑に処され、家門は没落してしまった。

巫俗の祭儀であるグッに供えられた祭物を霊が実際に食しているのを見たという一つ目の話は、巫俗的祭儀のグッを賞賛し、儒教的祭儀の祭祀の価値を貶めることにその目的がある訳ではない。むしろ、「霊は実際に存在しており、霊の食す祭物は丹精を込めて拵えなければならない」という巫俗的信仰を認めることによって、後孫――そしてこの話を伝え聞く聴衆――に、儒教的祭祀の実効性を強調するということに、この話の中核があるとみるべきである。この話の強調するメッセージは、次のようなものである。「グッに供えられたものでさえ、幽霊は我先にと食すのに、況や子孫が丹精込めて準備した祭祀の供え物は、言うまでもあろうか！」ただ、このように幽霊は実在しており、幽霊に祭祀を捧げることは重要だと強調しているうちに、巫俗的祭儀のグッを淫祀であり迷信と否定していた既存の儒教的観点は、かなり後退するしかなかった。

二つ目の話において黄大任家の祖霊は、家門の祀堂に住みながら子孫の行動を監察しているように描写されている。宗法の家族秩序を支持し、その違反を監視するこの祖霊は、子孫が宗法における規範を違反したとき声を荒げて出現し、子孫を叱りつける。筆者がみたところこの話は、朝鮮の建国以後強力に推進してきた「儒教的転換」が、理論的にはそれほど成功し得なかったが、実践的には成功をおさめたことを暗示しているように思う。まず、この話の一側面は、朝鮮前期の儒者らが展開していた理論における戦いとは、そもそも勝利をおさめがたいものではなかったかという疑問を抱かせる。祖霊が実在するのみならず、子孫と同居しつつその行動を監察しているという考えは、性理学の鬼神死生論において逐出しようとした、実体論的で神秘主義的な幽霊観を再度呼び込んだものであるからである。しかし他方この話は、儒教的倫理と価値観が、幽霊観と死後観にまで深く根付きはじめていたことを示してくれる。この話において祖霊と子孫は、生と死の差があるにも関わらず、同一の倫理的価値を志向しており、空間的にも連続している。だから祖霊は死んだといえども、消滅することなく子孫と同居し、ときどき宗法的家族主義を守護するため、現実に出現したりもするのである。

ここで我々は、これらの話に出現する霊は、すべて父系の祖霊という点に注目する必要がある。[*20] この話が広く人口に膾炙《かいしゃ》し、また記録された時期は、韓国の家族制度史において、巨大な転換期だったとされている。このような家族制度の転換は、性理学の受容に伴ったものであったが、事実、性理学の受容と深化の過程は、性理学の宗法原理の理解と具現の過程でもあった。士大夫らが志向した儒教の礼教社会とは、『朱子家礼』などにおいて提示されていた宗法原理の実現された社会だったからである。高麗時代と朝鮮前期まで韓国は、父系と母系をともに重視する両系的家族制度を維持していた。しかし朝鮮の開国以後、士大夫らは朱熹が著述したとされる『朱子家礼』の原理の通りに実践しようと努めた。それこそ前王朝の高麗王朝の経験した、王位継承などをめぐる政治的葛藤やそれによる社会の混沌を、根本的に解決し得る道であると考えたのである。実力や武力でなく、礼義や名分にて統治される社会を構築するためには、何よりも全社会を規律できる準則を確立する必要があった。朝鮮の支配層である士大夫らは、朱熹の家礼にてその準則を発見できると信じた。これによって、父系嫡長子中心の宗法の家族主義が、拡散しはじめたのである。ドイヒラーの言う「儒教的転換」の中核が正しくこれなのだ。

さて、『於于野談』以降の朝鮮後期の筆記・野談類には、時代が下るにつれて、父系の祖霊に関する話が増えていく。朝鮮後期の筆記・野談類に収録された幽霊話のほぼ半分が祖霊に関するものであるが、そのような話の発信するメッセージは、たいていほとんど同じである。つまり、先祖の神霊は実在しているので、先祖のための祭祀は、丹精こめて捧げなければならないというものである。そして、宗法的家族秩序は神聖なものなので、先祖の神霊をおそれつつ、それをうまく維持・継承しなければならないということである。

朝鮮後期の筆記・野談類に頻繁に登場するこのような話は、死と死後の世界についての、士大夫らの通念の変化を見せてくれる。筆者は、このような話を、二つの側面から注目する必要があると考える。まずは、これらの話に登場する、人格的実体性を持ったまま現実に出現する祖霊は、朝鮮時代の儒者らが理論的に受容していた性理学の鬼神死生論では、なかなか合理的なものとしては受け容れがたいものであったという点である。むしろこのような話の元にある幽霊観・死生観は、朝鮮前期の性理学者が迷信と批判し、逐出しようとしていた巫俗や仏教の実体論的で神秘主義的かつ呪術的な幽霊観・死生観から、それほど離れたものではないからである。ただ、巫俗や仏教において崇拝されていた超自然的幽霊の逐出された場所を、祖霊が占めただけとまで言える。

しかし、それに劣らず重要なもう一つの側面は、このような幽霊観・死生観が、儒教の価値観と衝突するより、むしろ儒教の価値観と宗法的家族主義を支持し、補強するのに動員されているという点である。民間にひろく流布したこのような話は、儒教の祭祀を形式的で象徴的な儀礼でなく、幽霊と疎通する神秘的で実質的な儀礼のように思わせる。そしてこれらの話は、父から子へ、またその孫へと続く宗法の人倫関係とは、生死の間でも断絶されず永久に続くという観念を助長し、拡散させる。

このような側面を考慮したとき、朝鮮社会の儒教的転換とは、それほど一方向的なものではなかったという考えに至る。つまり、朝鮮社会の儒教的転換とは、巫俗や仏教の幽霊観・死生観を打破し、完全に根絶することによって完成されるのではなく、むしろそれを専有（appropriation）し、その中に儒教の価値観を内蔵することで、完成するものではなかったかと考えるのである。

四　おわりに

以上において、朝鮮社会が儒教の礼教社会へと転換されていく過程と、その過程において死生観の変化していく様相を、簡略に検討してみた。それを簡単に要約すると、次のようになる。

朝鮮を開国した士大夫らは、性理学を支配理念となし、理想的な儒教の礼教社会を建設しようと努めた。そのために、特に仏教と巫俗に基づいた在来の死生観を批判し、啓蒙する必要があった。朝鮮前期の筆記や歴史記録は、民間の呪術的かつ神秘主義的で実体論的な幽霊観・死生観を打破するための、士大夫らの実際の努力を記録している。そして、性理学者らは、鬼神死生論を著述し、このような幽霊観・死生観の虚構性と迷信性を暴露・批判した。しかし、十七世紀前半の『於于野談』を転換点として、朝鮮後期の筆記・野談類には、むしろ儒教の価値観を内蔵した神異な幽霊話が、多数収録されはじめる。これらの話において強調されているのは、霊は実在しており、祭祀は霊が歆饗する実質的な儀礼だという点である。このような幽霊観・死生観は、徹底して儒教的価値観を反映したものであるが、同時に、性理学の鬼神死生論において排撃しようとしていた、迷信的な幽霊観・死生観を受容したものでもあった。朝鮮社会の儒教的転換とは、幽霊や死後の世界が実際に存在するという、在来の幽霊観・死生観を受容しながら、それの儒教の価値観による専有を通して、成されたといえるのである。

このような筆者の主張に対しては、いくつかの反論が可能であろう。まず、筆者がテキスト間のジャンルの違いを、念頭に置かなかったという批判が可能である。筆者の文化人類学的関心が、テキストの違いを捨象してしまったという批判は妥当である。しかし、あえて言い訳するなら、筆者はテキストそのものよりも、テキストの裏にある人間、特に観念の歴史により重点を置いた。

次に、朝鮮後期の筆記・野談類の祖霊の話のみで、果たして儒教的死生観の変化を説明できるのか、ということがある。この批判も筆者がじっくり考えなければならない妥当な質問であるが、筆者は、幽霊の話にあらわれている変化は、哲学的言説における変化に劣らず重要だと考えている。特に、死生観を形成するには、哲学的言説よりも、叙事的言説の力の方が大きい。朝鮮前期の幽霊話には見られなかった祖霊が、朝鮮後期の幽霊話には大いに出現すること、生きている子孫と死んだ先祖の間の連続性が強調されていること、特に、宗法的人倫秩序と価値を強調していることなどは、朝鮮前期と後期の間、儒教的死生観に重大な変化のあったことを暗示するものと考える。

ならば最後に、このような変化が可能であった条件または要因が何だったかについて考えてみよう。これについて筆者は、次のような三つの要因を提示したい。まず、朝鮮時代の士大夫らが打破しようとした、巫俗的あるいは仏教的死生観・幽霊観が、文化の底辺にまで深く根付いており、しぶとい生命力を維持していたという点である。これは、儒教的啓蒙だけで簡単に否定され得るようなものではなく、疾病や死など、実際の限界状況に至ったときは、士大夫らもこのような信仰に部分的にすがるしかなかった。次に、朝鮮前期には儒教が巫俗や仏教と競争せざるを得なかったが、朝鮮後期には、儒教の支配が確固としたものになり、それらに寛大になり得たという点である。儒教の支配が堅固になった状態において、巫俗や仏教は、部分的に活用可能な資源として、認識されていただろうと考えてみることができる。最後に、二度にわたる大きな国際戦争を経た後、朝鮮社会の士族支配体制が動揺しはじめるが、士族らはそれに対して、宗法的家族主義をほとんど宗教的情熱でもって強調しはじめたという点である。士族支配体制の動揺に対して士大夫らは、儀礼の誇示的実践を、社会的区別（distinction）の手段として活用したのであるが、祖霊への信仰は、このような儀礼の実践と宗法的家族主義を保証して再生産する、求心点の役割を果たしたといえよう。

注

＊1 朝鮮で受容された新儒学は、特に朱熹が体系化した性理学であった。陸九淵・王陽明の心学・陽明学は異端として排斥され、性理学の中に吸収された形としてのみ、部分的に受容されただけであった。

＊2 Martina Deuchler, The Confucian Transformation of Korea: A Study of Society and Ideology, Harvard Univ Council on East Asian, 1995。この本は、二〇〇三年に『韓国社会の儒教的変換』（アカネット）という題にて韓国語訳・出刊され、二〇一三年に『韓国の儒教化過程』（ノモブックス）という題にて再刊されている。

＊3 韓国の歴史において、統一新羅と高麗は、ともに仏教を国教とした国家であった。その後、高麗後期の一一七〇年には、武臣の乱によって武臣政権が興り、仏教界においても、禅宗を中心に、仏教改革運動が活発に起きていた。統一新羅時代と高麗前期は、日本の奈良・平安時代と時期的に重なっており、武臣政権が興った高麗後期は、鎌倉時代と一部重なっている。門外漢の独断ではあるが、この時期までの韓国と日本の歴史の発展経路には、類似した点が多いように思う。両国の発展経路が大きく転換したのは、高麗が元の付属国となって、エリート官僚らが元に留学して性理学を学び、それを支配理念として、朝鮮を建国してからだといえる。

＊4 野祭とは、人が死んでから百日目におこなう巫俗の儀礼で、亡者の霊を慰撫し、鬼祟が降りないよう宴を催してなぐさめる儀礼である。『黙斎日記』によると、黙斎李文楗の家では、仏教における亡者の極楽往生を祈る四十九斎（七七斎）の日にあわせて、巫俗儀礼である野祭を執り行っている。

＊5 儒教における淫祀とは、不正な祭祀、すなわち、正当な対象ではない鬼神に捧げる祭祀や正当な資格を有しない人のおこなう祭祀をいう。『礼記』によると、天子は天地の祭祀を、諸侯は社稷《しゃしょく》の祭祀を執り行うことができ、大夫は五祀までの祭祀をおこなえる。このように祭祀をおこなう人の資格により、祭祀の対象が変わってくるのである。正当な対象に資格のある人が捧げる祭祀以外の祭祀を、儒教ではすべて淫祀と呼んだ。

＊6 朝鮮前期のみならず朝鮮後期にも、儒者らは鬼神や死に関する理論的探求を続けているが、性理学的理論体系を構築するのに、鬼神死生論が欠かせない構成要素であったためである。朝鮮時代の鬼神死生論の展開については、次の論稿を参照されたい。琴章泰『鬼神と祭祀』J&C、二〇〇九年、朴鍾天「朝鮮時代における儒教的鬼神論の展開」、神異と異端の文化史チーム編『鬼神・妖怪・異物の比較文化論』召命出版、二〇一四年。

＊7 なかでも、特に十五世紀に綴られた鬼神死生論が、仏教や巫俗に基づいた呪術的幽霊観・死生観への批判により焦点があてられているなら、十六世紀に著された鬼神死生論は、儒教的祭祀の根拠と祖霊の実在や感応如何を説明するのにより焦点があてられている。つまり、十五世紀には、仏教や巫俗との闘争がより緊急の課題であったならば、十六世紀には、儒教における祭祀の性格・位相・価値を解明することが、それに劣らず重要な問題として認識されていたのである。

＊8 三浦国雄『朱子と気と身体』平凡社、一九九七年、八〇頁。

＊9 朱熹の鬼神論が残した解釈論争については、次の論稿を参照されたい。子安宣邦『新版鬼神論』白澤社、二〇〇二年、朴星奎『朱子哲学の鬼神論』韓国学術情報、二〇〇五年。

＊10 しかし、金時習の著した伝奇小説集『金鰲新話《きんごうしんわ》』には、鬼神や超越的世界に関する話が多数収録されている。金時習は、理論ではそれらの実在を否定したが、文学的幻想世界の中では、それらを盛り込んで現実の暴力を批判し、その犠牲者を慰撫するのに用いている。

＊11 朱熹『朱子語類』中華書局、一九九三年、三：四十一。「死而気散、泯然無跡者、是其常.」

＊12 上掲書、三：四十五。「若是爲妖孼者、多是不得其死、其気未散、故鬱結而成妖孼.」

＊13 張哲秀「韓国の平生儀礼にあらわれた生死観」、翰林大人文学研究所編『東アジアの基層文化にあらわれた生と死』民俗院、二〇〇一年、二十八、二十九頁。

＊14 『朝鮮王朝実録』世宗十三年（一四三一）七月十三日。

＊15 『薛公瓚伝』のあらすじは、次のようである。：淳昌に住む薛忠寿という人がいた。その息子薛公琛に、はやくに死んだ彼の従兄、薛公瓚の霊魂がしばしば憑依した。薛忠寿が術士を呼んで祓おうとしたが、すべて失敗に終わった。薛公瓚は、薛公琛の口を借りてあの世のことを語ったが、平素積善を多くおこなった者は貴く扱われ、叛逆者は地獄において最も酷い罰

を受けるということであった。一方、明の成化帝が使臣を送って、寿命を伸ばしてくれるよう頼むが、閻羅王は、寿命は自分の権限だと、彼の臣下を処罰しようとする（現存する『薛公瓚伝』は、後半部が失われた異本のみである）。

＊16　野談とは、韓国文学史においてのみ使用されている、固有のジャンル名である。野談は、身のまわりの見聞を自由に記録する漢文短篇様式の筆記を継承しながら、そこに当時民間において口伝されていた話を積極的に収録し、叙事性を強めた文体の類型を言う。十七世紀初めに柳夢寅《りゅうむいん》が著述した『於于野談』は、はじめて野談という名称を使用した本である。

＊17　惟人死之鬼、則不可謂之有、不可謂之無。其故何哉？ 有其誠、則有其神、而可謂有矣。無其誠、則無其神、而可謂無矣。有無之機、豈不在人乎？（李珥、〈死生鬼神策〉『栗谷全書拾遺』巻四、『韓国文集叢刊』四十五、民族文化推進会、一九八八年、五四二頁）。

＊18　祭祀共同体とは、同じ先祖をまつり、ともに祭祀を捧げる親族集団を言う。朝鮮時代の祭祀共同体は、宗法の原理により、分岐されたりもし、統合されたりもした。

＊19　引用は、柳夢寅の『於于野談』に収録された話、二話のあらすじを要約したものである。柳夢寅、申翼澈他共訳『於于野談』ドルベゲ、二〇〇六年。

＊20　『於于野談』の十編余りの祖霊の話のうち、母の幽霊が登場するのは、ただ一編のみである。残りは、父または父方の先祖の霊が出現している。

朝鮮王朝時代のあの世体験談の死と還生の理念性

金貞淑

一 緒論

「死」は、人間が最も対面することを恐れながらも詳しく知りたい、危険ながらも魅力的な主題である。儒教がいくら現実の人生に忠実であるよう強調しても、このような根源的好奇心は消し得ないため、死の向こう側に対する欲望と不安を基に登場したのが、「あの世体験談」[*1]なのである。

あの世体験談の流布は、文学的側面、思想的側面、社会的側面から検討できる。まず、あの世体験談は、仏教の伝来によって、地獄の観念が漸次鮮明になっていったと同時に、その地獄を経験した人々の話によって伝播した。特に、中国の『太平広記』中のさまざまな仏教説話や仏経の伝播は、朝鮮においてあの世体験談が、一つの典型的形式を備えるのに大きな影響を与えた。[*2] その例が高麗時代の一然《いちねん》『三国遺事』の「善律還生」や仏教小説「王郎返魂伝」のような初期説話である。仏経の完遂のために生き返った善律や、誠を込めて仏に念ずれば、王郎のように再び生き返ることができるという仏教の想像力は、主人公の目撃した地獄の残酷な形容とともに、人々に地獄の存在と輪廻の厳しさを信じるよう導いた。現世の人間として確信できないあの世の存在や厳しい因果応報を、死と還生を通して見せてくれるあの世体験談は、仏教の布教の目的と合致した。あの世体験談は、このような興味性と教訓性を兼ね備えていたのみならず、現実に「安全に復帰する」という安全な構造を有している。たとえ一時あの世に連行されたとしても、日常的に仏法をよく守っていたならば、現世に無事に戻るのみならず、寿命が延びたりもする。このような「安全な構造」は、基本的に大衆の通俗的嗜好と符合するため、あの世体験談は、引き続き多くの人気を勝ち得た。

　朝鮮時代にも、数多の筆記・野談集に、あの世体験談がたくさん収録されているが、性理学が国教であった朝鮮時代、現実主義的合理性を強調していた時期に、地獄体験を盛り込んだ仏教系のあの世体験談がこのように人気を呼んだというのは、一見矛盾に思える。もちろん朝鮮は、性理学を基に成立した王朝であった。朝鮮の性理学者らがどれほど仏教や巫俗を批判し、性理学にて世界を説明しようとしたかは、数多の幽霊関連論説にて確認できる。しかし、仏教と巫俗は、すでに朝鮮人の日常の中に習慣のように座を占めていて、朝鮮王室ですら抑仏政策による仏教廃止を試みながらも、各種仏事を行っており、明宗の母后であり中宗妃であった文定王后の例のように、王室の庇護の下、仏教は大きな中興期をむかえたりもした。民間においても、家の人が病気になるなどの憂患があるたびに、巫女を呼んで吉凶を占い、神霊を鎮める儀式（굿：グッ）を行うのが、全然特別なことではなかった。[*3] また、祭祀を重視していた朝鮮において、祭事を受ける主体の魂霊やあの世の問題は、哲学的陰陽の概念では容易に解け得ない深刻な問題であった。[*4]

　このような性理学者の矛盾的態度は、朝鮮時代のあの世体験談にも反映され、仏教的あの世体験談を語りながらも、性理学的態度にて客観化し、批判しようとする試みが垣間見えたりもする。あの世体験談の記録担当者が変わるにつれ、盛り込まれる理念性にも変化が生じたのである。

朝鮮時代、繰り返される疫病と饑饉、戦争による数多の死の経験が、あの世体験談の実際の素材になったりもしたであろうし、[5] 朝鮮中期以後に盛行した地蔵十王図[6]のあたえる生々しい恐怖は、文学的想像力を刺激し、地獄の模様と刑罰を具体的に形容するに至らせた。布教目的からはじまったあの世体験談は、仏教の理念性を越えて儒教の教訓を強調したり、小説の中の興味深いエピソードとして加えられたりもした。

漢文で記録された朝鮮時代の筆記・野談集の中のあの世体験談は、その担当者が儒教の知識を備えた男性文人であったならば、朝鮮後期におけるハングル小説の中のあの世体験談は、女性や下層民の情緒を盛り込むことになる。したがって、死と還生という同じ構造のあの世体験談ではあるものの、仏教の霊験を強調したあの世体験談から、時代の支配理念が変わるにつれ、強調点が変化したりもしており、朝鮮後期になって一般民衆が対象となるにつれて、守るべき日常的倫理がより具体的に提示されたり、それによる報応に焦点が当てられたりもしている。

本稿では、朝鮮時代にかなり普遍的であったあの世体験談が、主体と対象によって理念の違いを見せているという点に注目し、あの世体験談の理念性を、当代の思想の流れに関連づけて検討しようと思う。対象作品は、あの世で聞いた予言が還生後に徴候となったという単純な驚異に焦点のある作品よりも、[7] 死と還生を内容とし、記録者の理念が強くあらわれている作品に限定する。「目連伝」と「南炎浮洲志」、「あの世伝」を主とするが、『於《お》于野談《うやだん》』、『龍泉談寂記』、『天倪録《てんげいろく》』、『鶴山閑言』などの筆記・野談集と、「薛弘伝《せっこうでん》」、「睦始龍伝《ぼくしりゅうでん》」などのハングル小説も、議論に加えることとする。

印度から伝来して唐宋時代に完成された十王や地獄の形状は、高麗に流入し、その後、朝鮮世宗の代には、凄まじい十王図と地獄の様相が、一般民衆にまで広くゆきわたるようになった。[*8] 地獄と十王の姿は、地獄図によって視覚的に提示されたり、あの世体験談による虚構的形象化を通して、恐怖の喚起と行動の矯正という目的を、非常に効果的に遂行した。特に、地獄図とあの世体験談に描写された、各種地獄の生々しい姿と刑罰場面は、恐怖感を造成することによって、仏教の教えへの従順へとつながるようにするのに十分であった。

仏教的あの世体験談の代表としては、先に述べた「善律還生」と「王郎返魂伝」が代表作である。「善律還生」(『三国遺事』巻五、感通、第七話)の善律は、望徳寺の僧侶で、『六百般若(大般若波羅密多経)』を刊行していた折、仕事を完結させることができずに急死してしまう。しかし、あの世において、彼の寿命は全うされているものの、仏経の刊行を終えるようにと還生させる。善律がその帰り道にて出逢った女は、親が寺の土地一畝を奪ったことによって、代わりにあの世に捕えられてきたので、すぐに土地を返還し、自分が隠し持っていたごま油と麻布をもって、仏経を刊行するのに一助となれればと思うと述べる。話の全般にわたって仏教色を強く帯びた作品である。寿命を全うしたとはいえ、仏経の刊行は、寿命の限界までをも超越することができ、少量でも寺の財産を盗んだ者は、その罰が子にまで及ぶこともあることを暗示している。

「善律還生」があの世体験談の典型ならば、「王郎返魂伝」[*9]もまた、普段誠意を込めて仏に念じれば極楽に行けるという仏教の教えを主題としながらも、若干差が見られる。ある日、王郎(王思机)の前に、十年前に死んだ妻の宋氏が現れ、明日王郎を捕らえに死神が来るから、西側に向けて弥陀仏の絵をかけ、誠意を込めて念仏を唱えるように知らせてくれる。これは、彼らが平素、北隣に住む安老宿の仏心が深いのを誹謗したためであった。そこで、王郎が妻の言いつけどおりに従うと、五人の死神が来てうかつに捕らえられずにいたが、ついに閻羅王の前に連れられて行くと、王郎が切実に念仏したためにこれまでの罪報が全て消えたと、妻とともに現世に還生となる。ただ、妻は死んでから長いので、ちょうどその時死んだ月支国の姫のからだを借りて還生し、一生を終えて極楽往生した。死んだ妻が事前に教えてくれたために、一時的に念仏しただけなのに、それによって以前の罪悪が皆帳消しになったという設定は、一見行き過ぎのようにみえるが、話の中で終始一貫して念仏の重要性を強調しており、[*10] 老宿を誹謗した罪は、仏教において非常に大きな罪悪であるため、これもまた仏教の理念性が強くあらわれている。

仏教系のあの世体験談で、朝鮮時代に大きく流行した作品に「目連伝」（「目連経」）がある。[*11]「目連伝」は、母親の悪行とそれによる死、息子羅卜《らぼく》が孝心に充ちた発願により出家して、さまざまな地獄の惨状を見物した後、大阿鼻地獄にて凄惨な姿の母親を救済し、極楽往生させたという内容で、一般的仏教系あの世体験談の中でも、叙事性と興味性が強く、朝鮮のみならず中国と日本でも大きな人気を得た。先の「善律還生」が個人の話であり、「王郎返魂伝」が夫婦間の話ならば、「目連伝」は親子間の話であり、親に対する子の無限の孝心を強調し、一般人の羅卜が出家僧目連となって地獄を巡礼する話が、非常に重層的ながらも興味深く描かれている。「目連伝」が韓中日にて多くの人気を集めたのは、羅卜の無限の孝心と、この世での悪行による地獄の応報が悽絶に描かれたためである。羅卜は、父親と母親の死に際しては、三年間の侍墓生活をおくっており、母親が仏教で罪悪視される悪行を犯して地獄に落ちると、釈迦の弟子となって母親を救うために地獄を遍歴した。

仏教説話において、「目連伝」のように親に対する孝を強調した作品はほかに見受けられないほど、「目連伝」の全体的叙事は、羅卜の孝行が中心となっている。「目連経」が仏経でありながらも、孝がこれほどにまで強調されたのは、インドの仏教が中国に定着しつつ、中国の伝統意識と調和する過程において成った、偽経であるためである。[*12] しかし、仏教における孝行の強調は、『三国遺事』の〈孝善篇〉において、脚の肉を切って親を養った尚得の話や、老母の食べ物を横取りして食べた子を地中に埋めてしまった孫順の逸話からも、見出すことができる。仏教の孝の思想は、生命の根源に対する「報恩」の意味であり、漢代以降の儒教における家父長的孝思想とは差があるが、仏教が中国のみならず、韓国の一般大衆にも広くゆきわたり、大きな影響力を及ぼすこととなった要因となった。

仏経の中で、「目連伝」のように親の恩恵を強調し、主に庶民を中心に拡散したものとして、『父母恩重経《ぶもおんじゅうきょう》』を挙げることができる。『父母恩重経』は、朝鮮人にとって非常に親しみ深い経典である。[*13]「目連伝」や「父母恩重経」は、すべて中国にて新たに成った偽経ではあるが、孝を重視する中国や朝鮮人に大きな感動を与え、崇儒抑仏の朝鮮文人らにも、抵抗なく受け入れられた。[*14]

「目連伝」は、母親が悪行をしたうえに、仏法を練磨したという嘘までついた罪によって、七日のうちに急死してしまった前半部の内容と、母の死後、出家して大目犍連となり、地獄を巡礼する後半部の内容とに分けることができる。前半部が羅卜の孝行に焦点が当てられているならば、後半部は、七つの地獄の模様と現世の業報を冗長に羅列するのに力を注いでいて、羅卜の活躍を中心とする叙事構造から見た時、多少不必要と思われるほどである。

しかし、あの世の巡礼部分は、「目連伝」の目的が、殺生をせず仏法を守るようにという、仏の教えを守るのにあるということを提示してくれる、大事な箇所である。

・一切の獣を捕らえ切り斬って、男と女があまねく座り、ともに食しながらおいしいと言っていた人なので…
・因果を信じず、獣を串に刺して焼き…
・蟻や虫を絶え間なく殺していた人なので…
・貧しい人々のために齋せず、三宝を敬わなかったことから…
・これは前世にて鶏の卵をゆでた人であるため…

・三宝を信じず…獣をゆでて食した人であるため…
・獣の骨髄を好んで食した人であるため…

ここに提示されているすべての罪悪は、殺生に関連したものであり、以降のあの世体験談において、孝と友愛、殺害など、日常的倫理を強調していたのとは区分される。また、羅卜(目連)が七つの地獄を観ることができたのも、根本的には釈迦牟尼《しゃかむに》の神通力に拠るものであり、母親が大阿鼻地獄から小黒暗地獄へ、また餓鬼へ、さらに畜生(母狗)へ、最後には人道へと昇りつめ、極楽往生できたのも、目連が誠意を込めて仏事を行った結果であった。つまり、話の冒頭の父親の死から、母親の極楽往生という話の結末まで、仏の功徳と羅卜の真心のこもった発願が、叙事の根幹となっているのである。「目連伝」は、親に対する報恩である孝と、仏教的理念がうまく噛み合わさった作品であるといえる。ただ、あの世体験談のところだけを見るならば、「目連伝」の目的は、現世での罪悪とそれによる地獄の惨酷な応報を詳しく見せるためであり、仮に悪行を犯したとしても、釈迦牟尼に誠意を込めて念じ、仏事を行えば救済され得るという、典型的な仏教的教訓の伝達にあるといえる。

三　仏教の外皮、儒教的含意

朝鮮時代の性理学者らは、仏教の因果説、輪廻説、禍福説などを、性理学の理気論をもとに批判し、朝鮮初期からさまざまな「鬼神説」の著述に力を注いできた。鄭道伝の「仏氏雑弁」から、金時習、南孝温《なんこうおん》、徐敬徳《じょけいとく》、李《り》滉《こう》、李珥《りじ》、許穆《きょぼく》、宋時烈《そうじれつ》、韓元震《かんげんしん》、丁若鏞《ていじゃくよう》、李圭景《りけいけい》など、多くの儒学者の鬼神言説は、すべて伝来の仏教と巫俗の超自然的幽霊観を批判したものであった。

なかでも金時習(一四三五~一四九三)は、『梅月堂集』の「神鬼説」にて、一元論の態度から、天地には一つの気が屈伸盈虚《えいきょ》するだけであり、それが鬼神であるという、自然哲学的な鬼神論を繰りひろげたのであるが、彼はそこでさらに一歩すすんで虚構の叙事を借り、陰陽理気論の世界観を表現した。それが『金鰲新話《きんごうしんわ》』中の「南炎浮洲志」である。

「南炎浮洲志」は、日頃仏教の天国や地獄、幽霊の存在を疑っていた朴生が、夢で閻王に会い、閻浮洲にてそれらについて議論しつつ、仏教で言う因果応報、輪廻、地獄などが虚構であることを悟り、儒教の理念を確認して戻るという内容である。この作品は、外の形式だけを見れば、主人公があの世体験をし、現実に戻るという一般的なあの世体験談と同じ構造となっていながらも、普通のあの世体験談とは全く異なる内容と理念的志向を見せている[15]。

朴生が閻浮洲に行ったのは、死というよりも一種の「招待による異界訪問」である。そのため、閻浮洲における閻王との遭遇は、審判する者と罪人の立場ではなく、同等の資格を有する議論者として展開される。仏教の代表的存在である閻羅王は、幽霊、祭祀、天国や地獄などについての朴生の質問に精巧な儒教の論理にて答える。

「鬼とは、陰の精氣であり、神は、陽の精氣であるため、造化の足跡であり、陰陽二気運の持って生まれた力である。生きているなら人物と言い、死んだら鬼神と言うが、その理の上では変わりはない[16]。」

また、朴生が、仏教の天国・地獄説や十王が罪人を罰すること、寺において死んだ人のために祭祀を行うことについて問うと、徹底して儒教の観点から、天地の外にまた他の天地があることはなく、十王というもの自体在り得ず、寺の祭祀はばかげた行為だと批判した[17]。

「南炎浮洲志」の閻羅王は、地獄の五番目の審判官ではない。閻羅王は、現世にいたとき王に忠誠を尽くして敵を退け、死んだら気性の荒い鬼神となって敵を滅することを誓い、死んでからも忠誠心が消えず、王と親を裏切った罪人らを教化する王となった、儒教の理念に忠実な人物である。彼が治める地獄（閻浮洲）は、熱い鉄液と濃霧に包まれたところであるため、夜叉や羅刹が住むようになり、風俗もまた荒れているのである。つまり、地獄の環境が地獄を恐ろしい場所にしただけなので、剛直で私心のない者が治めるならば、十分良い空間になり得るとした。閻羅王にとって地獄とは、「悪郷」、すなわち聖人の教えが行き届いておらず、風俗の乱れた地域というだけで、死者の罪を罰する場所ではないのである。

金時習は「南炎浮洲志」に、閻浮洲、閻羅王、地獄、羅刹、夜叉、鬼神、鉄液の流れるところなど、仏教の地獄を連想させる素材を羅列しながらも、それらから仏教の属性を除き去った。朴生が閻羅王から王位を譲り受けるのも、堯王《ぎょうおう》が舜王に在位を禅譲したように描いているので、[18]形式上は仏教説話中のあの世体験談の外皮をそのまま継承しつつも、内容上はかえって仏教の根本理念を批判し、徹底的に儒教の言説を盛り込んでいるのである。

ところが、金時習は、ここからさらに一歩すすんで、三韓の興亡の跡や高麗開国の情況について語りつつ、暴圧にて治めたり力ずくで王位に昇ってはならないとし、[19]当時の世祖（一四一七〜一四六八）をはじめとする無道の王と為政者を直接的に批判した。「南炎浮洲志」には、多分に仏教用語があふれているが、かえって仏教の道理を批判し、儒教の理念と倫理意識を強調して、「意図的にパロディ（parody）」した作品だと言うことができる。朴生の死（あの世体験）は、金時習をはじめとする朝鮮の性理学者らの有する、儒教の原理を再確認させてくれる、理念的装置のようなものなのである。[20]

「南炎浮洲志」においてあの世体験談は、朝鮮の性理学者の知的遊戯や理念をスマートに伝達する装置として作用しているが、あの世体験談は大概、筆記・野談集中に奇異な話の一つとして記録されるものである。特に、『天倪録』や『東野《とうや》彙輯《いしゅう》』をはじめとする朝鮮後期の筆記・野談集には、興味深いあの世体験談が容易に見受けられる。任埅（一六四〇〜一七二四）の『天倪録』に収録された「菩薩仏放観幽獄」は、洪乃範《こうだいはん》が夢の中であの世に手違いで連行された折に、「勘治不睦之獄」、「勘治造言之獄」、「勘治欺世之獄」という地獄と、極楽世界の「会真観」

を見物して戻るという話である。

世の中には三教があるが、釈迦牟尼の居るところもその一つである。地獄と天国は、正しく人々の善行と悪行を懲治するところである。お前はいつも仏を罵倒し、しかも天国と地獄も信じてこなかった。偏狭な自身の見解のみに固執し、大きな声で騒ぎ立てながら野放図にふるまった。当然地獄におくり、万劫が過ぎても出てこられないようにしてやろう。*21

金色の菩薩の存在や仏を罵倒し、天国・地獄を信じないと、地獄に落ちるということと、仏法を守り、仏を信じれば天国に行けるという内容は、最も普遍的な仏教の語りである。だが問題は、この話を伝達する叙述者の視角にある。

あ！ 洪乃範の一件は、仏が人を騙す語りと同じである。君子は真に奇怪なことを言ったり、変なものを撰述してはならない。しかし、宋の李舟いわく、「天国がないならそれでいいが、あるならば君子が昇るであろうし、地獄がないならそれでいいが、あるならば小人が入るであろう」とした。これによると、洪乃範が謂ったのは、世を騙るのに近いとはいえ、また十分に世の警戒にも値する。*22

「菩薩仏放観幽獄」の評にて、あの世体験談は、仏家の惑世誣民する話であって、信じるに値しないと批判されており、万が一あるならば君子がかならず至るであろうから、心配せずに「君子」になれるよう努力せよとした。つまり、仏教の色彩が濃厚な話であるが、これを通して地獄説を信じるのではなく、自身を省みて倫理的人間になれという、儒教の理念を教えているのである。仏教では、現世において善行を積んで仏法を守ってこそ、天国に入ることができるが、儒教では、善を行うのは天国に行くためでない。すなわち、天国や極楽を想定しない儒者としては、地獄の話は虚無なものでしかなく、自己の完成のための道徳的生活を重視した。

同じような態度は、金安老（一四八一～一五三七）の『龍泉談寂記』中の「朴生の話」にも見られる。朴生は、染病にかかって息をひきとった後、夜叉のいる地獄に行き、まだ死ぬ時になっていないということで生き返りの途中、先王の警戒する話を聞いて戻ってきて、金安老にその話をした。

我［忍性子］いわく、「あなたの話は、仏教における世を騙《かた》るための話と全く同じである。怪な話と異端をいうことは、君子のすることではない。（中略）しかし、盛して衰し、返して受するのは、人の善にかかっているというのが定則である。この定則を以って推すれば、運というものも、移すことのできるものである。[*23]」

朴生が目撃した地獄の生々しい刑罰の姿や、朴孝山と尹崇礼に対する予言が還生後確認されたなどの内容は、典型的あの世体験談であるが、金安老は、この話に対して儒教の観点から批判し、すべての事柄は自身の善良な行動に起因するという結論を導いた。『龍泉談寂記』には、蛇やおばけの変怪、霊魂の登場など、やはり奇異な内容が多数載せられているが、小説的な様相の見られるもう一つの作品に、「蔡生《さいしょう》の話」がある。これは、蔡生が道中ある女性に出逢い、一夜をともにするが、気がつくと太平橋の下であったという内容で、愛情伝奇的様相を帯びている。これに対する金安老の評説は、「天下には世を惑わし、民心の風紀を乱すのが、怪よりもひどいものが多い。」「一体誰が世の妖鬼らをして、真昼にみだらなことを出来なくし、天下の人々を、蔡生のような誑かしから放してくれようか？」といって、蔡生の話を「妖鬼の暴れる混濁した世の中」の比喩とみた。

金安老と任埅は両者とも、奇異な話に対する関心からあの世体験談を収録しながらも、仏教的奇異に陥ることを警戒し、儒者の理念を強調した。その結果、時には話自体が有する興味と、加えられた評説の間に間隙が生れることもあるが、これがまさに朝鮮の儒学者らが奇異を受け入れる妥協的態度でもあるのである。[*24]

四　善悪の具体的提示と勧善書の流行

伝統的仏教系あの世体験談において、地獄に行く理由は、たいてい三宝を疑って非難したか、殺生や肉食をするなど、仏教の戒律を守らない者に対する懲戒の傾向が強かった。これは、『地蔵経』において、摩耶《まや》夫人が地蔵菩薩に地獄の罪報について尋ねた時、「両親に対する不孝と殺害」、「仏様のからだから流血させたり、三宝を誹謗」、「常住物[*25]を侵したり比丘僧・尼を汚し、寺中にて淫欲を行」い、「偽沙門のふりをしたり、在家信徒をだまして戒律を破った」場合、無間《むけん》地獄に落ちるとしたの[*26]と同じ脈絡である。

ところで、あの世体験談が仏教を越え、興味深い話として広く拡散するうちに、懲戒の性格が変わり、内容も具体化していた。先述した『天倪録』の「菩薩仏放観幽獄」における罪人は、仏教と特定できない日常的倫理を破った者なので、「勘治不睦之獄」は、兄弟間が和睦ならず、天倫を無視し、財物をむさぼった者の監獄で、「勘治造言之獄」は、嘘にて親や友人間を仲違いした者の監獄、「勘治欺世之獄」は、高い位にありながらも賄賂《わいろ》を受けとり、民から搾取して世をだまし、名を盗んだ者の監獄である。もちろん「会真観」は、法行を守って一心に仏を信じた者の天国であるため、仏教性を有しているものの、「不睦」「造言」「欺世」は、社会的人間として犯してはならない、一般的倫理規範に関する内容である。

ハングル小説においても、あの世体験談が、主人公の体験する一つの苦難エピソードとして登場する場合がしばしばあり、その代表作が活字本古小説「薛弘伝」、「睦始龍伝」などである。薛弘《せつこう》は、早くに父母を失い、継母によって捨てられた山中にて、鳳凰が咥えてきてくれた天桃を食べたという罪で閻羅大王に捕らえられていく。罪がないので人間界に戻る途中、さまざまな人々を目撃するのだが、「安南国人にて、臣下と姦通して聖君を殺した罪」、「嘘が上手で仲たがいさせた罪」、「楚国人にて他人の財産を奪取した罪」を犯した者は地獄の罰を受け、「両親に親孝行して親戚に和順」したり、「財物にて活人を多くした者」には福が来ている。「睦始龍伝」の睦始龍は、洞庭湖に弟が落ちて死んだとき、助けてくれなかった龍王を恨み、夢の中であの世に捕らえられて行く。彼もやはり無罪放免となっての帰り道、不孝と不睦、嬰児殺害、未亡人の姦通、忠臣を讒訴などの罪で、ゆでられ、首をくくられ、刃物で削られるなどの罰を受ける罪人らに出会った。この両作品におけるあの世体験は、英雄の体験する苦難の一つとして作用しており、全体の叙事とは大して関連はないが、提示された罪目の内容は、『天倪録』よりも具体的である。

このようなあの世体験談は、仏教の理念から儒教の理念へと移っていったように見える。閻羅王やあの世の鬼卒、地獄の刑罰場面などは、仏教説話の模様と類似しているが、今やあの世体験談を通して、戒律を守ったり仏法の霊験よりも、日常の中での倫理を強調する方式へと変貌したのである。このような様相は、朝鮮後期のハングル小説「あの世伝」にて、最もはっきり確認できる。

「あの世伝」は、宋国益州玉龍山白鶴寺の道僧である至善が、たまたま病気を得て死ぬ間際に、殮襲《れんしゅう》（訳者注：死体を清めた後、衣を着せて殮布で縛ること）してくれるなと念を押したあと、あの世に行って玉皇上帝や閻羅大王など、さまざまな王に会い、天台王を救った恩で再び生き返ったという筆写本ハングル小説である。「薛弘伝」も同様であるが、「あの世伝」は、漢文のあの世体験談とは異なって、あの世に向かう主人公の悲しい感情が切々と表れており、「痛哭山」「忘情山」「落涙山」「涙岩」「溜息峠」など、悲しくも険難なあの世への道行が展開される。至善の目撃したあの世は、玉皇上帝が太乙閣に正座しておられ、実務を受け持つ閻羅大王をはじめ、秦広大王や初江大王、五官大王、変成大王、泰山大王、都市大王、転輪大王などと后土夫人、月宮仙女が、玉皇上帝に照会をし、仰せに従っている場所であった。至善は、玉皇上帝が新しく建てた上別堂の丹青を塗るために捕らえられてきたのであるが、天台王は、至善が現世の戦場にて矢に打たれて死んだ自身のために、矢を抜いて法事を行ってくれたと、玉皇上帝に生き返らせてほしいとお願いする。それによって、至善の寿命は二十年伸び、毎日米二升ずつを受け取ることになったので、現世での善行が福禄となって返ってきたのであった。至善は帰り道、玉皇上帝が罪人に判決を下す場面を見物することになるが、その内容は次のように非常に詳細である。

・某氏の下人にして、某月某日の夜、毒な薬を四主人に飲ませ、殺した罪
・人間として官位について財をむさぼり、国に仕えずして民を数多殺し、あるいは下人の主人の財物を盗み敗家となす者であり、あるいは不躾な心を持する者
・他人のものを盗む者と、本妻を冷遇し人妻と姦通する者と、本夫を殺し姦夫する女と、主人を殺し逃亡する者と、市場にて強引に取引する者と、愚悪にして頻繁に殴る女と、本妻に不順な女

「あの世伝」では、善行の内容を孝道や友愛というような抽象的な語彙でなく、具体的な例を通して示してくれているが、それが先の「薛弘伝」や「睦始龍伝」よりも詳細で、下人の主人殺し、盗み、本妻の冷遇、人妻との姦通、本夫殺害、姦夫、市場での強引な取引、不順な女など、庶民の生活において日常的に起こり得る細かい悪行の例を提示している。これは、「あの世伝」の警告が、どこに向かっているのか、あらわになった部分である。作品において玉皇上帝は、忠君と愛民、親孝行と和睦、主人に対する忠誠、烈女など、儒教の理念をよく実践し、その代償として人間の世に出て行く一万人の人々に、儒教の三綱五常を伝播せよとし、三綱と五常の意味を詳細に解いてくれる。

上帝が御覧になりてのたまわく、汝ら人間にすすみ、三綱五常を伝播せよ。三綱というのは、王は臣下の星となり、父は子の星となり、夫は妻の星となり、五常というのは、王と臣下であり、父と子に親しみがあ

り、子は大人を敬い、夫婦は分別があり、朋友には信があることなり。

人間の世に出て行くが、少しでも罪を犯した人々に対しても、一つ一つ罪に見合う罰を下しているので[*27]、このような内容は、ハングル小説の読者層である女性や庶民層を念頭に置き、彼らの日常に正確に適用される生活規範を具体的に提示、模範とするようにしたものである。「あの世伝」のように仏教の立場にありながらも、庶民の生活に密着した道徳倫理を内容とする作品に、仏教歌辞である「別回心曲」がある。

仏教の大衆への布教のためのハングル辞説である「別回心曲」は、人間が世に生まれて老いて死んだ後、罪人は各種地獄へ、善人は瑶池宴や極楽世界へ行くか、人間になって富貴功名を極めるという内容である。したがって、主な内容は、地獄に連行されて行く悲しみとその過程、さまざまな地獄の模様と刑罰の種類、現世での具体的善行と悪行の羅列である。この内容の大部分は、貧しい者を助けて多くの功徳を積み、仏堂をたてて仏を供養し念仏をする、仏教の教訓が盛り込まれているが、両親に親孝行、親戚和睦、兄弟間の友愛、ねたみや嫉妬を禁止する内容は、やはり日常的倫理についてのものである。また、「修身斉家をよくすれば、治国安民するだろうから、ぜひとも頑張りなさい」といった儒教の理念も、自由自在に引いてきて使っているので、それは、「あの世伝」の玉皇上帝が三綱五常を重視した態度と同じである。

ならば、仏教的あの世体験談において、このように日常的倫理と儒教の教訓を強調することになった背景は何だろうか。まず朝鮮後期、仏教が大衆化しつつ、朝鮮の強い儒教理念を受け入れた結果だということができる。しかし、それだけでは説明できない部分があるのだが、それは「あの世伝」に見られるあの世の序列に関する想像力である。

朝鮮のあの世体験談では、たいてい閻羅大王（あるいは閻羅大王を含む十王）が、あの世の主宰者として登場する[*28]。死神が捕らえてくると、閻羅大王が判決を下し、還生させるという構造が一般的なのに対し、「あの世伝」

における あの世の至尊は、玉皇上帝である。至善があの世にはじめて着いたとき、「招魂関」に入ると、閻羅大王が忙しそうに青の本に朱色で点をつけながら、人間の世に送る人と連れてくる人を定め、これを玉皇上帝に上げると、玉皇上帝が罪人を全て調査し、賞罰を定めていた。ここでの閻羅大王は、最終判決者ではなく、玉皇上帝の臣下なので、天台王が至善を放免してほしいと要請しても、玉皇上帝の命令なしに独断で処理することはできなかった。玉皇上帝は、閻羅王をはじめとするあの世の十人の王と天台王などの照会を受けるが、彼らを「朝臣」と称し、幣帛《へいはく》を持って問い合わせる姿や、具体的な世の統治について命令する姿は、あたかも天子と諸侯のように階級秩序が厳格である。

あの世の序列がこのように厳格に区分された例は、朝鮮のあの世体験談では非常に異例なことだが、中国の場合、『聊斎志異《りょうさいしい》』の「席方平」に見られるように、城隍神、閻羅大王、二郎神など、多様な神格が序列を形成して登場する場合が少なくない。一方、朝鮮の作品でも、中国の作品を受容して翻案した場合、このような様相を見せたりもする。『青邱野談《せいきゅうやだん》』の「白頭翁指教一書生」は、中国の『続玄怪録《ぞくげんかいろく》』の「杜子春」を翻案したもので、ある老人が書生をテストする場面において、上帝の広寒殿にて殴り、拷問を加えても口を割らないので、神将に命じて地府へ強制連行し、冥王に厳罰にて治めるように言うが、ここでは天の玉皇上帝が、地下の閻羅王に命令を下す上位の存在だという意識が下に敷かれている。

ところで、これら『聊斎志異』、「杜子春」の共通点は、両者とも、道教の雰囲気を下に敷いているという点である。「杜子春」の道士は、杜子春が神仙になる人材であるかをテストしており、「席方平」の二郎神は、玉皇上帝の親戚にて道教の代表的神々である。このような点から、「あの世伝」において玉皇上帝が、あの世を主管する至尊としての面を明らかに有しているという点は、「あの世伝」において道教嗜好がうかがえるという意味でもある。*29 だからと言って、この作品の理念的土台を「道教」と断言しがたいのは、先に検討したように、地獄という仏教的要素と、三綱五常をはじめとする儒教的要素が、全て混在しているためである。*30

本稿では、「あの世伝」の理念志向には、朝鮮後期に流行した道教の勧善書の影響があったであろうとみている。道教の勧善書は、忠孝などの儒教倫理を勧善懲悪的立場から強調し、その実践を通して福禄と長寿を全うできるという、祈福的趣旨を内容とする。[*31] これは、特に朝鮮後期に大きく流行した民間の道教書である『過下存神』、『文昌帝君陰騭文《ぶんしょうていくんいんしぶん》』、『太上感応篇《だいじょうかんのうへん》』、『南宮桂籍《なんきゅうけいせき》』、『玉歴経《ぎょくれききょう》』などに顕著にあらわれている。これらはすべて中国の道教勧善書であり、朝鮮後期に伝来してハングル諺解本として流通した。当代の著名な文人が序文を付したり、[*32] 王命にて関聖教の経典が諺解・刊行されたり、[*33] 個人の書写本の形態にて、朝鮮後期の民間において、かなりの影響を及ぼしていたものである。

一例として、高麗大の図書館には、『玉歴警世篇』と『玉歴経』が所蔵されているが、両者とも中国の『玉歴経』を諺解したものであり、『玉歴警世篇』には、ほかに「覚世真経」、「陰騭文」、「求心篇」、「延生畜子歌」、「蓮池《れんち》大師の殺生を警戒する文」、「千手経」、「浄口業真言」、「神妙章句大陀羅尼曰く」が附録として収められている。『玉歴経』は、地蔵菩薩が十王に、地獄の刑罰は惨酷だから、世に在ったときの善行が一、二個でもあれば、罪を減して神仙にのぼらせよとし、善行をした時の代償と悪行をした時の果報と「玉歴」をもって行動を警戒し、竈《そう》王《おう》、秦広王《しんこうおう》などの誕生日に守るべき事項などを、非常に具体的に記録した文章である。また、「玉歴」を信じずに破ってしまったり、殺生を行った者らへの応報を、一つ一つ羅列したりもしている。

次は、『玉歴経』の書写者の跋文にて、人々が善悪についてよく知らないために、悪行を犯す場合が多いとし、善悪を具体的に提示する理由と、この文を書写した意図について記録している。

> 我は本来、勧善する言葉を好み、感応篇や陰騭文、功過格のような文を見ると、忽《こつ》として手を出し奉り、写し伝えて世の人々とともに専ら善域にのぼり、あるいは罪慮を犯すことのなきを願うが、ただ苦しいことと恐ろしいことが目前になくないことがなく（ママ）、勧し懲する術のないことを憂いて久しいが、丁酉《ていゆう》の年

の冬、玉歴一則が新たに中国にて出たのをみると、その善悪と禍福を言うのが、明らかな流れで分別があり、はやく顕れた報応があって、影と音の相応するに同じであるため、優に夫婦の愚鈍さにても、本を開いて一度見るに、凛然《りんぜん》として上帝の降臨されたよう、鬼神のそばに居られるようで、怠慢であろうとしても、とてもその術がないため、この文が人を感発させ懲戒することが、まさに深くて懇切であるといえる。

記録者は、普段も『(太上)感応篇』や『(文昌帝君)陰騭文』、『功過格』など、道教の勧善書を好んで読み、書写して人々に伝えていたが、中国で出た『玉歴経』の内容が善悪と禍福について詳細であるため、書写したという。この本は、知識の豊富でない一般庶民も、容易に理解することができ、この本を重く見て何度も書き写し、人々に伝えるだけでも極楽にのぼることができるので、『玉歴経』の書写行為を善を積むことと認識していることがわかる。[*34] 『玉歴経』の書写者は、序文の末尾に「戊申十二月十八日癸酉生、呉氏は、昔事を欽仰して玉歴一巻を写し綴る誠意を込めるなり」との書写記を残しており、自身の書写行為を通して善行を施しているという意識を持っていた。

『玉歴警世篇』の附録である「(文昌帝君)覚世真経」と「陰騭文[*35]」は、文昌帝君、すなわち関羽の言葉を綴ったもので、忠孝と節義をまもることを勧め、五倫に従い、貧しき者を救恤し、殺生を警戒して善行を施せば、神霊が先に知りて福をもたらすという道教の勧善書である。これに反して、後半部の「蓮池大師の殺生を警戒する文[*36]」と「千手経」は、仏教の教えを綴った文である。つまり、『玉歴警世篇』の書写者は、道教の勧善書を書写しながらも、当時庶民の間で広くゆきわたっていた仏教の教えも書写しているので、これは、宗教的理念によるものというよりも、勧善懲悪の教えに従ったものであり、勧善書と仏経を書写することによって、積善を行うという意識を持っていたという意味になる。[*37]

十九世紀後半から近代に至るまで、民間を中心に流行した『玉歴経』、『南宮桂籍』、『敬信録』、『太上感応篇』

などの勧善書は、善陰騭教《ぜんいんしつきょう》や朝鮮末期の東学、甑山道《しょうさんどう》のような新宗教へとつながったりもする。*38 これは、道教の勧善書が、朝鮮後期の社会において、どれほど大きな影響力を持っていたかを見せてくれるものである。勧善書は、生活倫理を具体的に提示し、孝や友愛を重視する儒教の倫理をいいながらも、それによる天の福と病の全快、地獄での救済という窮極の目的は儒教と区分される地点にあり、庶民の希望が反映されたものということができる。

「あの世伝」には、このように道教の勧善書への信心が広くゆきわたっていた、朝鮮後期の状況が染み込んでいる。僧侶を主人公として、基本的には仏教的体験を語りながらも、玉皇上帝を中心とする道教の空間を想像し、三綱五倫など儒教の倫理と日常の倫理を具体的に提示しており、勧善書に見られる儒仏道の結合様相をあらわにしているのである。

五　おわりに

以上にて、朝鮮時代におけるあの世体験談の理念的志向を、三つの側面に分けて検討した。まず、最も基本的な仏教系のあの世体験談は、殺生をして仏法を犯せば地獄に落ちるが、現世にて仏に心を込めて仕えれば福が来るという、典型的な仏教理念を叙事的に形象化していた。

あの世体験談が、興味深い内容と教訓的意味によって広くゆきわたると、金時習のような儒学者は、あの世体験談を借りて仏教を批判し、性理学の理念を強調することで、あの世体験談を記録しながらも、儒教の立場から批判的評価をくだすという場合もあった。

最後に、「あの世伝」や「別回心曲」では、一般庶民を対象に善悪の内容を非常に詳しく提示しており、三綱五倫や修身斉家など、儒教の理念を重視する態度が見えていた。これは、仏教的志向と儒教の理念の結合といえるが、そこからさらに一歩進んで道教的嗜好もあらわれているさまを、「あの世伝」中、玉皇上帝を頂点にした王たちの序列を通して、うかがうことができた。本稿では、「あの世伝」のこのような多様な理念的特徴は、朝鮮後期に流行した道教の勧善書に見られる、儒仏道の結合様相が反映されたものと見た。勧善書は、主に庶民を対象に善悪を具体的に提示し、善行の代償として極楽に行ったり福禄を得るということを重視するが、「あの世伝」をはじめ、朝鮮後期のハングル小説や布教用の仏教歌辞において、仏教以外に儒教の理念や日常的倫理を具体的に提示している点が、勧善書の態度に類似していると見たのである。

注

＊1　ここでの「あの世体験談」とは、主人公が死んであの世を体験し、現実に戻る構造になっている話であり、死んだ霊魂が登場したり、憑依する話は除いている。また、「あの世」とは、死後の世界を汎称するもので、素朴な死後の世界から仏教的な地獄と天国をも全て含む。

＊2　蘇仁鎬「あの世体験談の叙事文学的展開」、『ウリ文学研究』二十七輯、ウリ文学会、二〇〇九年六月、一〇七～一〇八頁。

＊3　朝鮮時代前期の文人である李文楗（一四九四～一五六七）の『黙斎日記』において、儒者の家の憂患に儀式をあげる女巫の模様が確認できる（李福揆『『黙斎日記』にあらわれた朝鮮前期の民俗』民俗院、一九九九年）。

＊4　金貞淑「韓・中・日の文言短篇集における妖怪と鬼神の存在様相と鬼神言説」、『大東漢文学』二十八輯、大東漢文学会、二〇〇八年六月。

＊5　あの世体験談において、病気になって地獄に行くことになる場合がしばしばあるが、『天倪録』の第六話「閻羅王托求新袍」にて、黄海道延安の処士は、病気にかかって苦しんでいた昼間に鬼卒に捕らえられて行っており、『龍泉談寂記』の「朴生の話」における朴生は、染病にかかって十日余りを苦しんだあと、死んであの世に行っている。

＊6　文明大「朝鮮明宗代における地蔵十王図の盛行と嘉靖三十四年（一五五五）の地蔵十王図の研究」〈講座美術史〉七巻、韓

国仏教美術史学会、一九九五年、六～九頁。高麗の代にも、伝染病が流行し、それを仏教信仰にて克服しようという努力が盛行しており、特に伝染病を避けるため、観世音菩薩の名や進言を念誦する観音思想が大きく流行した（キム・ヨンミ「高麗時代における仏教と伝染病の治癒文化」、『伝染病の文化史』慧眼、二〇一〇年）。

＊7　例えば『於于野談』第二四話の「高敬命為淳昌郡守」や『記聞叢話』と『東野彙輯』の「孝子甦生説冥府」など。

＊8　『朝鮮王朝実録』世宗二十二年庚申（一四四〇、正統五）一月二十五日（戊辰）。「今僧徒らがソウル外の寺社にて「十王図」と称して、人の形状を不思議な形容とおかしな形に至るまで、描いていないものがありません。その残忍で残酷な形状に、とても目を開けてはいられません（今僧徒乃於京外寺社、稱爲十王図、図畫人形、至於殊形異狀、無不畫作、其殘忍慘酷之狀、目不忍見。）」。

＊9　「王郎返魂伝」は、忠烈王三十年（一三〇四）に刊行された『阿弥陀経』に合編刊行されていたが、ハングルにて潤色・敷《ふ》衍《えん》された後、普雨によって『勧念要録』（一六三七年）に再収録され、広く知られるようになった。

＊10　王郎を捕らえていく使者の偈頌《げじゅ》（我々が冥府使となって／すでにもう百千劫である。／かつて念仏人が悪道中に／落ちたのを見たことがない。／そなた、もし蓮花にすすんだならば、／我々が鬼報から放免されるよう念じたまえ）と、閻羅王の偈頌（西方の主、弥陀仏よ。／この娑婆の世には、格別の因縁がある。／もし一様に念仏しないなら、／冥府の荒々しい使者らの降伏は得がたいだろう）にて、すべて念仏の重要性を強調している。

＊11　「目連伝」とは、敦煌にて出土した目連変文が、高麗時代に流入して盂蘭盆斎にて講説され、朝鮮時代に漢文となった『仏説大目連経』と、『月印釈譜』第二十三巻の末にハングルにて附注の形で記録された「目連求母故事」である。時期的にみて、高麗末から朝鮮初期にいたる時期に「目連伝」の形態で流通したであろうと推定できる（史在東「目連伝研究」、『盂蘭盆材と目連伝承の文化史』中央人文社、二〇〇〇年、一四六～一四七頁）。

＊12　ウォン・ヨンサン「仏経の孝思想に関する考察」、『韓国禅学』二十三号、韓国禅学会、二〇〇九年八月。

＊13　李泰浩「朝鮮時代の木版本『父母恩重経』の変相図と板書に関する研究」、『書誌学研究』十九輯、韓国書誌学会、二〇〇〇年六月、二二一頁。朝鮮本『父母恩重経』は、現在八十種の板本が確認されており、十六世紀中ごろ以降、三十種を越える諺解本が刊行され、中国よりも朝鮮において、圧倒的に多く流通されたことがわかるが、特に、本文に含まれていた数十の

挿図（変相図）は、庶民の仏教理解に大きく貢献した。

*14 一七九六年、正祖が『父母恩重経』を刊行・頒布したとき、『大報父母恩重経』は、「偈頌にて悟りが切実かつ懇切であり、衆生の手を取って引導して極楽に至るようにするため、我が儒教において祖先の恩恵に報じ、人倫を厚くする趣旨と符節のように合致する。」とし、以降は大みそかと端午に『父母恩重経』の偈頌を掲げるようにした（『弘斎全書』五十六巻）。

*15 『金鰲新話』の創作に多大な影響を及ぼした『剪燈新話《せんとうしんわ》』にも、あの世体験談を扱った「令狐生冥夢録」があるが、両作品はともに普段あの世について不満を持っていた主人公が、あの世を訪問して帰ってくるという、同一の構造に成っている。しかし、「令狐生冥夢録」の令狐生は、地獄を非難する詩を書いて閻羅王に捕らえられていったが、無罪放免となり生き返りに戻る途中、さまざまな地獄を目撃して帰ってくるという、典型的なあの世体験談の形式となっている。

*16 金時習「南炎浮洲志」、「鬼者、陰之靈、神者、陽之靈、蓋造化之迹、而二氣之良能也．生則曰人物、死則曰鬼神、而其理則未嘗異也．」

*17 金時習「南炎浮洲志」、「生又問曰：僕嘗聞於爲佛者之徒、有曰：「天上有天国快樂處、地下有地獄苦楚處、列冥（［名］）府十王、鞫十八獄囚．」有諸？ 且人死七日之後、供佛設齋以薦其魂、祀王燒錢以贖其罪、姦暴之人、王可寛宥否？」王驚愕曰：「是非吾所聞．古人曰：「一陰一陽之謂道、一闢一闔之謂變．生生之謂易、無妄之謂誠．」夫如是、則豈有乾坤之外、復有乾坤、天地之外、更有天地乎？ 如王者、萬民所歸之名也．三代以上、億兆之主、皆曰王、而無稱異名．如夫子修春秋、立百王不易之大法、尊周室曰天王、則王者之名、不可加也．至秦滅六国一四海、自以爲德兼三皇、功高五帝、乃改王號曰皇帝．當是時、僭竊稱之者頗多、如魏梁荊楚之君、是已．自是以後、王者之名分紛如也、文武成康之尊號、已墜地矣．且流俗無知、以人情相濫、不足道．至於神道則尚嚴、安有一域之內、王者如是其多哉？ 士豈不聞天無二日国無二王乎？ 其語不足信也．至於設齋薦魂、祀王燒錢、吾不覚其所爲也．士試詳其世俗之矯妄！」

*18 金時習「南炎浮洲志」、「咨！ 爾東国某、正直無私、剛毅有斷、著含章之質、有發蒙之才、顯榮雖蔑於身前、綱紀實在於身後、兆民永賴、非子而誰？ 宜導德齊禮、冀納民於至善、躬行心得、庶躋世於雍熙．體天立極、法堯禅舜、予其作賓、嗚呼欽哉！」

*19 金時習「南炎浮洲志」、「王歎傷再三曰：有国者、不可以暴劫民、民雖若瞿瞿以從、內懷悖逆、積日至月、則堅冰之禍起矣．有德者、不可以力進位、天雖不諄諄以語、示以行事、自始至終、而上帝之命嚴矣．蓋国者民之国、命者天之命也．天命已去、民心已離、

則雖欲保身、將何爲哉?」

*20　これまで「南炎浮洲志」について、朴生が矛盾的形象の閻羅王を媒介として、自身の希望が実現不可能であることを徹底的に自覚した後、夢から覚めることから、現実世界において自身の体験した挫折が不条理な現実秩序のせいであり、不条理な現実において自身が選択できるのは、威勢に屈して現実と妥協するか、そうでなければ世を離れる道のみがあるため、朴生が世を捨てたのは、彼の悲劇的状況を逆説的に表現したものと見てきた（パク・イルヨン「〈南炎浮洲志〉の理念と逆説」、『古小説研究』二十二、韓国古小説学会、二〇〇六年）。このような解釈は、作家金時習の現実の境遇を、過度に意識した解釈ではないかと考える。『金鰲新話』の他の作品、例えば「万福寺樗蒲記」の疎外された知識人、梁生の様相や、戦争で妻を失った「李生窺牆伝」の李生の様相などでは、そのような面貌を探ることができるであろうが、「南炎浮洲志」は、金時習が徹底的に性理学の見解から、既存の仏教系あの世体験談をひねってつくった作品である。朴生が炎浮洲に行ったのは、一般的視点から見れば「死」だが、作品の中では、異領域の閻羅王として即位するということであるため、悲劇的選択とはいい難い。

*21　任埅『天倪録』「菩薩佛放觀幽獄」、「世有三教、釋處一焉、地獄天国、乃徵人善悪者也。汝常詆佛、又不信天国地獄、偏執己見、大言不顧、合付地獄、歴萬劫不出。」

*22　任埅『天倪録』、「噫！　乃範之事、似是釋氏誣民之説、君子固不當語怪述異、而宋李舟亦云、「天国無則已、有則君子登、地獄無則已、有則小人入」由此觀之、內範所云、雖近於誣世、而亦可以警世矣。」

*23　金安老『龍泉談寂記』、「忍性子曰、子言正類釋氏誣世之説。語怪述異、君子所不敢。（中略）雖然、乘除報応、由人善淫則理也、以理推之、數亦可以轉移。」

*24　尤庵《ゆうあん》宋時烈の門人であった任埅（一六四〇～一七二四）の『天倪録』や、彼と交流のあった辛敦復《しんとんふく》（一六九二～一七七九）の『鶴山閑言』には、神仙や鬼神、怪物など怪異な話が多数収録されており、任埅の孫である任邁《にんまい》（一七一一～一七七九）の『雑記古談』には、市井の奇異な事件や人物に関する話が載っている。これらは当時、任埅をはじめとする老論側の人事が、幽霊や神仙など超越的存在を批判しながらも、興味深く共有していた模様を見せてくれている。

*25　寺の土地や器物などの財産。

*26　グァン・ドク訳『地蔵経』仏光出版社、二〇一四年、一三一～一三五頁。

＊27　「あの世伝」、「一人を呼んで命じてのたまわく、お前は人間として官位に就いていた際、王に忠誠して仕え、民を厚く憐れみ恵んだので、出て永川の地のカサンの二男になれと仰せになり、また一人を呼んでおっしゃるに、お前は、人間として両親に孝にて仕え、兄弟間は和睦にして貧しき人をあわれんだので、お前は、関西の地のペクフェソンの三男になれと仰せになり、また一人の女を呼んでおっしゃるに、お前は人間として、義理の両親に不順し、義母を情にてもてなさず、家長に誤りを責め立てたが、ほかに罪はないため、元通り女となり、義理の両親をきちんと養いなさいとし、また一人を呼んでおっしゃるに、お前は人間として…貧しき人を軽蔑し、他人の女と無数に姦通したため、某地の両班（ヤンバン）家の、息子のいない一人娘になり、十六歳で成婚し、十八歳で夫を失くすことになるだろう。」

＊28　金貞淑「韓中のあの世体験談におけるあの世の描写と思想的傾向の比較」、『民族文化研究』五十九巻、高麗大民族文化研究院、二〇一三年六月、三六〇～三六二頁。

＊29　ハングル小説の「淑英娘子伝《しゅくえいじょうしでん》」において、淑英が濡れ衣を着せられて自殺したあと、あの世に行ったとき、玉皇上帝が不憫に思し召され、生き返らせた際、閻羅王と南極星に命じ、釈迦如来に三人の息子を授けさせる部分がある。淑英夫婦は、本来神仙であって、現世で富貴栄華をきわめ、八十才に神仙に導かれて天に昇るなど、「淑英娘子伝」も、全体的に道教と神仙思想を土台にしている。朝鮮後期ハングル小説の中には、主人公が天上の神仙か龍王の息子と設定された、謫降《たくこう》話素を基にした天女や神仙が登場し、苦難を解決してくれたり、神通力を発揮して問題を解決する作品が非常に多いが（「淑香伝」、「金鈴伝」、「金円伝」、「蘇大成伝」、「劉忠烈《りゅうちゅうれつ》伝」など）、これもやはり朝鮮後期民間に広がった道教・神仙思想の反映といえる。

＊30　「あの世伝」に関する研究を最初にはじめた趙祥祐は、作品についての全般的な研究の後、この作品の意識志向について、「儒教と仏教の習合と因果応報および輪廻による運命予定」と整理した。本稿は、この意見に同意しながらも、それだけでは説明され得ない点が、まさに当時民間に広くゆきわたっていた道教嗜好であるとみた（趙祥祐「「あの世伝」研究」、『東洋古典研究』十四輯、東洋古典学会、二〇〇〇年十一月）。

＊31　ジョン・ジェソ『韓国道教の起源と歴史』梨花女子大学校出版部、二〇〇八年、一三五頁。

＊32　李建昌（一八五二～一八九八）は、『南宮桂籍』の序文を書いた。

＊33　『過下存神』は、高宗の命にて関聖教の経典があつめられ、一冊に合綴されて諺解、高宗十七年（一八八〇）に木版本とし

て刊行された（洪允杓『国語史文献資料研究』太学社、一九九三年、四〇頁）。

＊34 高麗大本『玉歴警世篇』と『玉歴経』は、同じ内容であるが、ときどき文字の出入があり、序文の書写時期が『玉歴警世篇』にはなく、『玉歴経』にはない附録が『玉歴警世篇』にはあることから、やはり『玉歴経』を互いに回覧し、書写した一例であることがわかる。

＊35 「陰騭文」は、『南宮桂籍』の一部であり、『南宮桂籍』の序文は、朝鮮後期の著名な文人である李建昌が一八七六年に書いたものである。李建昌は、一八七四年に清へ書状官として渡ったとき、文昌帝君の画像を持ち帰るほど、道教と関聖教に関心が深かった（洪允杓、前掲書、八九〜九〇頁）。

＊36 蓮池大師は、中国明末の高僧で、これは、蓮池大師の述べた七つの不殺生の文である。

＊37 しかも、これら道教の勧善書が仏教寺院において刊行されたりもしたので、当時の民衆は、これを仏教と異なる道教であると、認識できなかった可能性もある。

＊38 キム・ユンギョン「朝鮮後期における民間道教の展開と変容」、『道教文学研究』三十九輯、韓国道教文化学会、二〇一三年三月。

参考文献

・グ・インファン編「王郎返魂伝」、『金牛太子伝』新元文化社、二〇〇五年。
・「あの世伝」檀国大学校栗谷記念図書館所蔵本。
・イム・ジュヨン注解『薛弘伝』図書出版博而精、二〇一〇年。
・ハン・チェヨン訳註『訳註月印釈譜』二十三、世宗大王記念事業会、二〇〇九年。
・キム・ユンギョン「朝鮮後期における民間道教の展開と変容」、『道教文学研究』三十九輯、韓国道教文化学会、二〇一三年三月。
・金貞淑「韓・中・日の文言短篇集における妖怪と鬼神の存在様相と鬼神言説」、『大東漢文学』二十八輯、大東漢文学会、二〇〇八年六月。
・金貞淑「韓中のあの世体験談におけるあの世の描写と思想的傾向の比較」、『民族文化研究』五十九巻、高麗大民族文化研究院、二〇一三年六月。

・文明大「朝鮮明宗代における地蔵十王図の盛行と嘉靖三十四（一五五五）年の地蔵十王図の研究」、『講座美術史』七巻、韓国仏教美術史学会、一九九五年。
・史在東「仏教系ハングル小説の形成・展開」、『韓国叙事文学史の研究』Ⅳ、中央文化社、一九九五年。
・蘇仁鎬「あの世体験談の叙事文学的展開」、『ウリ文学研究』二十七輯、ウリ文学会、二〇〇九年六月。
・ウォン・ヨンサン「仏教の孝思想に関する考察」、『韓国禅学』二十三号、二〇〇九年八月。
・ジョン・ジェソ『韓国道教の起源と歴史』梨花女子大学校出版部、二〇〇八年。
・趙祥祐「「あの世伝」研究」、『東洋古典研究』十四輯、東洋古典学会、二〇〇〇年十一月。
・陳霞『道教勧善書研究』巴蜀書社、一九九九年。
・洪允杓『国語史文献資料研究』太学社、一九九三年、八九〜九〇頁。

朝鮮王朝後期の韓国古小説に見える女性の死と救済

高永爛

一　朝鮮王朝後期の古典文学と謫降モチーフ

江戸時代の日本文学にて女性主人公が恨みを抱いたまま死ぬと、怖いことが起こる。「累《かさね》怪談」の累のように他人の身体に憑依したり、『東海道四谷怪談』のお岩や「皿屋敷怪談」のお菊のように幽霊として現われたりして、復讐をし恨みを晴らすのである。したがって、江戸時代の日本文学に登場する女性幽霊の目的は、死を暗黙的に公認し生き残った者へ恐怖を与え、反省を導き追善供養させるところにあると言えよう。この意味で彼女たちの出現は、仏教的救済と密接な関係にあると考えられる。これに比し、朝鮮王朝後期の韓国にて享受された文学、殊に古小説に見える女性主人公たちは、恨みを抱いたまま死んだとしても、度々生き返る「生き返り型」が目に付く。李テオクが指摘するように、恨みを抱かないとしても人身供養する「沈清伝《ちんせいでん》」はもちろん、愛のために自殺する「梁山伯伝《りょうざんばくでん》」、「柳文星伝《りゅうぶんせいでん》」、「権益重伝《ごんえきじゅうでん》」、「石化龍伝《せきかりゅうでん》」などにも「生き返り型」女性主人公が登場する。また、殺害された後生き返り、恨みを晴らす「コンジ・パッジ伝《でん》」、「金仁香伝《きんじんこうでん》」に至るまで、韓国古小説の中の女性主人公たちは、多くの場合生き返り、場合によってはその恨みを晴らすこともある。これは「建国神話や遺跡、遺物に見える死は全て昇天したり復活したりする姿で現われる側面から理解できる。(中略)この時の死は仏教、道教、及び伝統民俗信仰を背景にし、永生への関門として理解された。*1」と言及されるように、韓国伝統文化の中の死は永生への過程と理解される伝統がある。このような伝統の中、朝鮮王朝後期の古小説の「生き返り型」女性主人公は誕生したと理解できる。ただし、この「生き返り型」女性主人公は日本の女性主人公のように復讐したり、生き残った者たちに悪さをしたりはしない。殊に「淑香伝《しゅくこうでん》」(作者未詳、十七世紀末)、「淑英娘子伝《しゅくえいじょうしでん》」(作者未詳、十九世紀前後)の女性主人公は元々この世ではなく天界の存在であったが、罪を犯し地上に降りてきた存在、つまり謫降《たくこう》した仙女という特徴を有する。また、金紹行《きんしょうこう》(一七六五~一八五九)の執筆した『三韓拾遺』(一八一四)の女性主人公香娘《こうじょう》も、人間から仙女になった場合と言えよう。もちろん、朝鮮王朝後期の古小説の中にも「沈生《ちんせい》伝《でん》」、「雲英伝《うんえいでん》」、「周生伝《しゅうせいでん》」のように女性主人公が自ずと命を絶ち生き返らず、これを嘆いた男性は共に自殺するという悲劇も存在する。しかし、前述したように、朝鮮王朝後期の古小説にて女性主人公が死後生き返る場合は度々確認され、殊に仙女型の物語は韓国文学の一特徴として注目に値する。したがって、朝鮮王朝後期の古小説に見える仙女型女性の死と救済の様相を考察する事は、前近代の韓国における女性の死と救済の文学化の一端を理解し追跡する作業として、その意義があると思われる。

本格的な作品の紹介と理解に先立って、朝鮮王朝後期の韓国文学に度々利用され、仙女型の女性主人公を生み出した謫降モチーフの説明を以下で紹介する。

謫降とは上界の神仙が罪科に陥り最尊者である玉皇上帝により下界、つまり人間社会へ追放され、その罪科を償《つぐな》った後、上界に復帰する物語である。人間社会に流されたので謫仙と呼ばれることもある主人公は人間として変化し、上界に相応する秩序が人間の社会にても実施されるよう貢献してその罪科を償う。謫降モチーフは基本的に道家的思惟から成るものであるが、はやくから文学習慣の一つとして定着したので、道家の思想を受容してない文人たちも、文学的装置として活用したりする場合もあった。（中略）しかし、文学に受容された謫降モチーフの主人公である謫仙が必ずしも卓越な武勇を見せるものではなかった。人間社会を玉皇上帝の意志が実現される世界に成す方法は、必ずしも武力的なものばかりではなく、文化的なものもあったからである。殊に、詩歌文学に受容された謫降モチーフの謫仙は、主に文化的方法にて、玉皇上帝の意志のままに人間社会を「教化」する人物として描かれる。どの場合であっても謫仙は、個人的欲望のない脱俗的な資質を有しなければならない。[*2]

このような謫降モチーフは朝鮮王朝後期の古小説だけではなく、十五〜十八世紀の韓国の流配歌辞にても多く見られる。流配歌辞とは所謂《いわゆる》前近代の韓国の文武の士が、罪科によって流された地で歌った詩歌であり、〝流配と呼ばれる不遇な状況に処した作家たちが、自らの不幸な心情と恨みを訴えることを主とする一連の作品の呼称〟であり、崔キュシュによると、曺偉《そうい》作（一四五四〜一五〇三）〈万憤歌《まんぷんか》〉（一四九八）、鄭撤《ていさん》作（一五三六〜一五九三）〈思《し》美人曲《びじんきょく》〉、〈続美人曲《ぞくびじんきょく》〉、曺友仁《そうゆうじん》作（一五六一〜一六二五）〈自悼詞《じとうし》〉、金春澤《きんしゅんたく》作（一六七〇〜一七一七）〈別思美人曲《べつしびじんきょく》〉などの作品が流配歌辞のうち謫降モチーフを用いたものである。[*3] つまり、朝鮮王朝後期の古典文学に見える謫降モチーフは、必ずしも女性の恨みだけでなく男性文人の恨みをも解き放つ文学的手段として広く流布されていたのである。このように男女に関係なく、朝鮮王朝後期の怨恨を抱いた者たちの心情を描くための謫降モチーフと、ここに起源を置く仙女型の女性主人公は、「淑香伝」、「淑英娘子伝」、『三韓拾遺』の中でどのように具現されるか、次の節で確認してみたい。

二　謫降仙女の死と生き返り

ハングル小説[*4]「淑香伝」の内容は女性主人公の淑香の苦難と死、そして李仙との愛と離別と言えるが、その梗概は次の通りである。淑香は戦乱のため両親と生き別れ、偶然、張丞相に発見され養女として育てられるが、下女の陰謀にかかり水に身を投げる。仙女たちの助けにより生き返り、多くの苦難を乗り越え、愛する李仙と結婚する。以後、淑香は育て親の張丞相夫婦と産みの親である金夫婦と再会し、夫李仙は皇帝の寵愛を受け出世する。ただし、李仙は雪中梅との二回目の結婚を強いられ、雪中梅を妻に迎えたくないため、皇后の病を治す妙薬を探す旅に出る。その過程で淑香、雪中梅と同様に自分も天界の仙官であったことを知らされる。このため、この世に戻った李仙は雪中梅を二番目の妻として迎え入れ、淑香、雪中梅の各々と二男一女をもうけ幸せに暮らしたが、雪中梅に先立って淑香と共に昇天する。作中、当代の女性の死に関する認識が描かれている一例を以下に紹介する。

「この土地は冥司界（人が死んでから行く所、あの世）であり、私は后土夫人（土地を管理する女神）であります。仙女様が人間界に降りて幾多の苦難を経験されるのを見て、何日か前に青鶴と赤い鳥をお送りしたのをご覧になりましたか。」（中略）「ずっと前、噂によると、冥司界は十王（あの世で死んだ人を裁判すると言われる十人の大王）がいらっしゃる所と聞いております。本当でしょうか。」「ええ、そうです。」　淑香がまた訊いた。「それでは十王殿はどこですか。」「ここから遠くないです。」（中略）「人間界の両親と戦乱で生き別れになりましたが、不幸にも両親が亡くなったのではないかと、朝晩心配です。もし亡くなったのであれば、十王殿にいらっしゃると思われますので、一回私が訪ねてみたいのです。」[*5]

上の引用文は、淑香が産みの親と別れ、道に迷い、あの世に行った時、仙女から自分の運命を聞かされる場面である。ここで注意すべき点は、仙女であった淑香が人間になった今現在、あの世に来ているという事実である。人間である淑香は死んだのであの世、つまり冥司界に入ったのであり、人間が死んだらそうであるように、本人も十王がいるところ、つまり十王殿へ行くだろうという信念が見られる。

道教の影響を強く受けた韓国仏教の十王信仰は、金テフンによると、十王によりこの世での行いに関して裁判を受け、地獄行き、または極楽行きが決まるので、自ずとこの世での暮らしが重要になる。[*6]このため、十王信仰を有した者は死や死後の世界と同様に、この世での暮らしを重視するようになる。「(古代)中国と韓国の(死に)関する価値観はとても現世的で実用的であった。どこまでも現世の幸せに関心が注がれ、もしあの世のことだとしても、それは現世の延長線にあるものと考えられた。したがって、現世での人間関係は死後の世界でもそのまま持続されるものと見る。(中略)このように十王は古代インドのヤマ(死んだ人々の主宰者)の概念が中国道教の泰山府君信仰と結合した後、仏教の地獄思想の発達と共に十人の大王へと拡大されたのである。そして、その中の六人の王の名称は道教の影響を強く受けた。」したがって、死後の救済と共に、この世での幸せと永生は十王信仰を持つ者たちの主要な関心事になる。また、十王信仰を持つ者たちにとって死後極楽に行くという救済は、この世での幸せと永生の延長線にあるものと認識された。そのような十王信仰への信念を前提にした「淑香伝」であるため、その内容は死や死後の世界よりも生き返りによるこの世での幸せと永生を優先するのである。

一方、あの世よりもこの世がより重視される要因として、朝鮮王朝が建国当時から排仏崇儒政策を強力に進めた事実も挙げられる。儒家的思惟は仏教的輪廻禍福を強力に拒否し、この世での儒教的秩序、つまり忠孝、仁義、貞烈のような秩序と理念を優先させた。したがって、このような社会文化的雰囲気の中では、死後のあの世に関する信念を見せつけることは不可能であり、人が死ぬとその気は散ってしまうと信じる他なかったのである。[*7]この儒家的思惟を拒んだ代表的な事件が十六世紀『薛公瓚伝《せっこうさんでん》』の筆禍事件である。仏教的輪廻禍福の世界を描いた蔡寿《さいじゅ》の『薛公瓚伝』は、結局燃やされ、蔡寿は流配された。この事件は仏教的輪廻禍福を描くという行為は、首を担保にするものだという恐怖心を文士たちに刻んだのである。したがって、以降の古小説にて死が描かれる時、仏教的色合いの濃いあの世よりも、この世が主要な素材になるほかなかった。このように、「淑香伝」の筆者と読者には宗教的にも、社会文化的にも、あの世よりはこの世がより重要で安全な文学的素材として認識され、自ずと人間界の理念と秩序がそのまま天界にも連動されると想像したようである。このような朝鮮王朝時代のこの世中心の思考回路は、当代の地蔵信仰を通じても理解できる。李ヒゼが指摘するように、広く大衆に流布していた地蔵信仰は、亡者の冥福を祈ると同時に、生きた者の幸せを祈るところにもその目的がある。[*8]「韓国では多く中国の地蔵信仰を受容したため冥府十王信仰も隆盛であったが、これは朝鮮王朝時代に流行ったのであり、統一新羅時代には懺悔信仰が強調され、高麗時代には純粋な地蔵信仰が行なわれたが、朝鮮王朝時代に十王信仰と結合した。（中略）原初的な地蔵信仰は死後、地獄の苦難から逃れようとするものである。（中略）地蔵信仰の二番目の段階は現世での禳災《じょうさい》招福である。人々の恐怖の対象である戦争と自然災害、疾病、テロなどから逃れるのと同時に豊年と身分上昇、健康などの幸せを地蔵信仰から得ようとした。最後の地蔵信仰の段階は懺悔と修行を通して解脱するところにある。」つまり、朝鮮王朝時代の韓国にての十王信仰や地蔵信仰は、あの世を恐れる心情から始まったのであるが、同時に、この世での幸せと永生を祈らせつつこの世の重要性を気づかせる信仰でもあった。そのような信仰は「淑英娘子伝」の女性主人公、淑英を通じても文学的に具現される。

「淑英娘子伝」の梗概は次の通りである。淑英は淑香と同様、天界にて恋する仙官と戯れた罪科のため謫降した仙女であり、人間界にて白相公の息子になった仙官、白仙君と結婚しようとする。淑英は人間になった仙君の夢に現れ、自分と仙君の宿命を知らせるのである。仙君は天界が決めた三年が待ちきれず強引に淑英と結婚し、二人の子供を得る。科挙のために旅立つ仙君は淑英に恋い焦がれたあまり、夜半こっそり、二度も家に戻る。父の白相公は下女の梅月の陰謀に陥り、淑英が息子以外の男と姦通したものと誤解する。このため、淑英は自殺してしまうのである。科挙に及第した仙君は夢の中で真相を知り、淑英を死へと追い込んだ梅月とトルセを殺す。その後、淑英は生き返るが、異本により生き返る過程と以後の展開は相違する。このため、淑英が生き返る過程を以下に紹介する。

　仙君がトルセと梅月を殺した後、淑英の死体を安葬するために祭文を書くなど葬儀の準備をしていた。その日の夜、淑英は整わない髪を垂らしたまま、全身血まみれになって門を開け入り、話し始めた。（中略）「悲しいの、仙君よ。私の死体を六年育てた菖蒲で固く縛り、新山にも葬らず旧山にも葬らず、玉淵洞の池の中に葬ってください。そうしたら、いつかあなたと春陽、東春に再会できると思うので。」[*9]

　右で淑英は死後生き返るだろうことを予言し、仙界である玉淵洞の池の中に水葬してくれるよう頼む。死後の救済に積極的に行動しているのである。ただし、その救済は淑香と同様、あの世での救済ではなくこの世での救済である。仏教的輪廻禍福の描写は儒家的思惟の中で暗黙裡に禁じられていたからである。

　一方、淑香は死後天界の命を受けた仙女や神聖たちの導くまま、生き返り、救済されたのに比し、淑英はより主体的、積極的に救済を念願しているところに特徴がある。このような淑英の姿勢と関連する研究として、金ソンヒョンのものを挙げることができる。金ソンヒョンによると、上に挙げたテキストではない異本の中には、水葬をせず生き返る場合もあり、生き返った後、異本A．昇天せよとの玉皇上帝の命により昇天、異本B．淑英が仙君と共に家に戻り、相公夫婦へ孝を尽して昇天、異本C．淑英が竹林洞という第三の空間で生き返って仙君と暮らして昇天、異本D．相公夫婦へ孝を尽し、相公夫婦の死後三年間喪に服し昇天する四つのタイプに分類できる。[*10] つまり、天界の命により生き返ってこの世での暮らしを満喫する淑香とは違って、淑英の場合、生き返りを通じて異本Aに見えるように永生を願うが、天界にての理想的暮らしを想像する場合、異本B、異本Dのように既存の秩序を守り、この世での幸せと永生を願う場合、異本Cの両親供養という儒家的秩序を拒否し、この世の第三の空間での幸せと永生を願う場合とに分けられる。これは十九世紀前後の朝鮮王朝にて、「この世での幸せと永生」という救済に疑問が投げ掛けられたことを意味する。言い換えると、今や朝鮮王朝社会では、この世に対する不信と懐疑が流布し始めた事実を「淑英娘子伝」の異本Cを通じて鑑みることができるのである。

　こうして見ると、十七世紀の実話を基にしたあの有名な女性幽霊譚「薔花紅蓮伝《しょうかぐれんでん》」[*11]が、なぜ十九世紀に至って『嘉齋事実録《かさいじじつろく》』（一八六五）に収録され得たか推測できる。「薔花紅蓮伝」の薔花、紅蓮の二人の姉妹は陰謀を謀った継母に恨みを抱き死ぬ。異本によっては父の新しい双子の娘として生まれ変わり、転生し、この世への生き返る場合もあるが、[*12] 基本的には継母の悪行を告発することにより自分の虚しい死の報償を要求する、この世への不信と懐疑を見せ付ける物語である。薔花、紅蓮のこの世に対する不信と懐疑は彼女たちだけの特殊な認識ではない。「淑英娘子伝」の異本Cからも確認されるように、十九世紀前後の朝鮮王朝社会に蔓延していた認識の一つだったのである。このように「淑香伝」で確認されたこの世での生と秩序に対するロマン的支持と願望は、十九世紀に入り淑英という女性主人公により、この世への不信と懐疑に置換され、結果的にはこの世を否定して昇天するという代案を探したり、この世での儒家的秩序を否定するというように描かれている。理想的なこの世を夢見る儒家的思惟は危機に面しているのである。この認識の変化は、淑英の死と生き返りが天界の意志ではなく淑英自らの意志によるという設定を可能にし、生き返った後にもこの世での既存の暮らしに安住せず、より良い暮らしを模索するように文学的描写の変化にも連動する。さらにこの変化は、人間の死に天界（＝あの世）ばかりでなく人間が関与するような文学的描写の変化をも齎《もたら》す。

　淑香と淑英は下女の陰謀により死を迎える。その下女たちの悪行も終に露《あらわ》になり死を迎えるが、その様相は相違する。淑香が育ての親の物を盗ったと嘘をついた下女サヒャンは、「急に空中から壷のような炎の玉が降りてきて、すぐにサヒャンの頭を割ってしまった。」（テキスト五三頁）と天罰を受け死んだものと描かれる。一方、淑英に姦通したとの罪を着せた下女梅月と共謀者ドルセは「仙君が憤りを我慢できず下人に体罰を与えさせドルセを死なせた。また、腰に付けた刀を抜いて梅月に近づきつつ次のように話す。『どうしてお前のような者を一瞬でもこの世に置くことができるだろうか。』と言い、梅月の腹を刺し殺した。」（テキスト二六〇頁）と描かれるように、人間白仙君により下女梅月は死を迎える。ここで注目すべき点は「淑英娘子伝」には天罰が下るのではなく、人間により悪行が断罪されるという事実である。さきに、「淑英娘子伝」の異本にはこの世への不信と懐疑が確認されたが、天界（＝あの世）が管理する死に関しても疑問が投げかけられているのである。人間の罪を天界ではない人間が罰し、場合によっては人間が死をも管理できるという認識の変化は、「淑英娘子伝」に反映され、天が死を管理する道家的思惟に亀裂を招いたと言える。

三　人間女性の死と転生

一方、「淑香伝」には淑香でない他の女性の生き返りの場面があるので、これを確認してみたい。

> 李仙が竜子と別れて都に戻ると、既に皇后さまはお亡くなりになってから二十日も経っていて、皇后様の肌は大分腐っていた。（中略）李仙が色んな薬を持ってきて皇后様に近づき、まず、玉で出来た指輪を死体の上に置いた。すると、いよいよ肌色は完全に戻ってきた。また、耳に闢耳茸《へきじだけ》（耳に入れると聞こえなかった者が聞こえるようになるという伝説上の茸《キノコ》）を入れ、目を啓眼珠（見えない者の目が見えるようになるという伝説上の玉）で洗うと目の輝きが戻り、体の状態が以前のように戻った。その後、皇后様は座り直されるが、まるで寝た

きりだった人が平然と起き上がり座り直るようである。そして、開言草（食べると話せなかった者が話せるようになるという伝説上の草）をお召しになるように勧めると、いよいよお話も水の流れるごとくされるのであった。

（テキスト二〇四頁）

上の引用文は淑香の夫である李仙が妙薬を以て皇后を生き返らせる場面である。このように「淑香伝」では淑香のように謫降した女性だけではなく、人間の皇后をも生き返らせている点は、興味深い。これは謫降した想像上の女性ではない人間の女性の生き返りへの願望を反映したものと捉えることができるが、『三韓拾遺』の女性主人公香娘を通じてもまた同様のことが言える。『三韓拾遺』は実存したとされる香娘の既存の関連民謡、及び香娘説話を叙事の源泉とし、香娘を普遍的な烈女のイメージから脱皮させた新しいタイプの作品である。三巻から成る『三韓拾遺』の第一巻は、香娘が新羅の良家の娘として生まれ、望まない結婚により自殺を選ぶまでの過程、第二巻は香娘が死後、天界に上るが、またこの世に転生し、愛する孝廉《こうれん》と結ばれるまでの過程、第三巻は香娘が孝廉と結婚した後、孝廉を立身出世させ、昇天するまでの過程を描く。*[13] 淑香や淑英は最初から仙女として設定され、文学的想像力を借り生き返るが、この『三韓拾遺』の人間である香娘は、自ずからの道徳的行跡が天界に認められ転生し、永生という当代の願望を実現する。一見、淑香、淑英の場合と似通っているようであるが、香娘の性格は大きく異なる。その具体的な様相を理解するために、以下で香娘の死と救済の過程を確認してみよう。

いよいよ香娘は体を起し見回しながら、「あなたたちが早く彼の家に行き、香娘が死んだと話してほしいわ。」と言って身を水に投げ死んだ。流れの早いところの波の高さは道の広さほどであり、やっと池の中が静かになると、跡形もなくいなくなってしまった。子供たちは驚き逃げて行くが、急に雨雲が一点、太陽を包み隠すと、一瞬にして天は暗くなり風が吹き雷が鳴り、大きな木は根刮《こそ》ぎにされ、雷が落ちたため家々は立て続けに燃え、その村に住む人々は皆大変驚いたのである。真相が明らかになり、人々は香娘が恨みを持って死んだため天が震怒して威厳を振るったものと知るようになった。（中略）男は門の外に到ってやっとその詳細を聞き知ったのだが、車を引き返す間もなく急に大きな声を上げ、頭が割れ、目、鼻、口などから血がばっと流れ死んだのである。*14

香娘は貧しさのため、望まない最初の結婚をしたが、夫の家から追い出される。淑英の両親はやがて死んだため親戚の家で暮らしていると、香娘の美しさを欲した意地悪なお金持ちが結婚を強要する。香娘としては夫と別れたわけではなかったので、貞烈のために池に身を投げたのである。香娘の死は二回も望まない結婚をしなければならない事実に因《よ》るもので、淑英と同様、悔しさのため自殺したと見受けられる。注目すべき点は、香娘が自らの死を世間に知らせるよう、村の子供たちを動員した事実である。これは、自分の恨みを積極的に晴らそうとした側面であると見て取れる。また、香娘を死に至らせた男性は、「淑香伝」の下女サヒャンがそうであったように、恐ろしい天罰を受けているという事実に注目したい。こうして見てみると『三韓拾遺』では死後の救済を積極的に願望すると同時に、死を天界が管理するという認識が内在され、前者は「淑英娘子伝」の、後者は「淑香伝」の認識と相通ずると言える。にもかかわらず、『三韓拾遺』は、香娘がこの世から賞賛され救済されているという点で「淑英娘子伝」、「淑香伝」に見える認識と異なるものを内包している。

その後四日が過ぎ、太守が宴会を催し、夜になり客は皆家に帰った。太守は櫃《ひつ》にもたれ掛かっていたが、急にある人が髪をぼさぼさに垂らして現れ、目を見開いたまま話した。「この頃、恨みを抱いたまま死んだ人がいるが葬儀を受け持つ人がいない。村を管理する人として人々のための政事は少しも行わず、安穏に飲み食いすることが出来ようか。」太守がその名を訊くと答えた。「私は呉泰池の神である。香娘の死体は神異の亀が守っている。精神を安定させる丹薬を用い、しわくちゃの皮膚が腐らないように保っているので、早く取り出し礼を尽くして葬儀を行なうようにせよ。」（中略）朝廷では大きく賞を下し、感動の意を表すため、池の近くに祠堂を立て義烈と称した。また、石碑にその崇高な意志を刻み、代々官吏が祭祀を行なうようにした。（テキスト六〇〜六一頁）

先に確認した淑英の場合、死後生き返っても彼女の行跡に特別な称賛は付与されなかった。「天界にての罪科のためであり、この全てのものが天命でないものはありません。なので、あまり嘆かないで下さい。今、玉皇上帝が我々に昇天するように仰せられるので、天命に逆らえず天上に上ります。」（テキスト二六四頁）と言うように、淑英や淑香が死んでまた生き返るのは根本的に天界での罪科のためである。しかし、香娘はもともと人間であり、この世での死は純粋にこの世の不条理に因るものであった。最初から孝廉を愛したが、度重なる強引な結婚は香娘を死へと追い込んだ。彼女の死は自らの罪科のためではなく、この世での不条理のためであった。更に香娘は両親に孝を尽し、自分を追い出した夫の命をも救う義を行ない、二度結婚しないという貞烈を守ったので、天界は香娘をこの世での烈女として救済する。さらに天界は香娘を后土夫人の下女という職位を与えつつ辰韓の禍福を治す仙女として活躍させるのである。これを見ると、死後地獄に陥るか、極楽に行けるかの問題よりも、この世での香娘の名誉が優先的に回復されることを願うこの世中心の儒家的思惟が、十九世紀の『三韓拾遺』になお保持されていると言える。しかし、『三韓拾遺』では、この世での孝・義・貞のような価値と秩序が天界にても尊重される一方、この世での人間の営為は天界にてはこれ以上意味をなさないものと見る矛盾した認識を、以下のように露呈する。

「動くことは生きた人の道であり、静かなのは死んだ人の道である。食べ物、衣服、暮らしに要る道具、素朴な祭祀の食べ物などは、自ら全部解決することが不可能であるので、互に助けになるように致し方なく夫婦になるのです。死んだら、このようなことは無くなるのです。生きるということは依存して生きることであり客のようなものですが、死ぬという事は帰ることなので休むことです。私は今休んでいるので、誰か生きている人のために死後、疲れることができましょう。もし、人々が皆あなたのような心を持ったとしたら死ぬ日などはないでしょう。どうして、忙しく行き来するのが大変ではないのですか。」香娘は面目なくどうすることもできず嘆いていた。（テキスト一四九頁）

右の文章は、この世に戻り、孝廉との愛を成し遂げようとする香娘に、ある仙女が放つ言葉であり、ここには死と生の境界がはっきりと認識されている。ここで死は、永生への過程ではなくこの世での生の終りである。死は人間の魂魄が休むものである。にもかかわらず、孝廉との愛のために香娘は自分の転生を天界に熱烈に頼み、その願いは叶う。しかし、淑英と淑香は皆、自分の体に生き返ったのに反し、香娘は一回は死に、他人の体へ転生する。[*15]『三韓拾遺』を執筆した金紹行は、一度肉体が生を失うと、その魂は再度その体に戻ることはできないと考えたようであり、この点「淑香伝」や「淑英娘子伝」にて確認した生と死の連続性、所謂永生と香娘の永生とではその性格が異なる。香娘の魂は死後永続されるが、その肉体は生き続けられないので、転生しなければならない。先に淑香、淑英はこの世とあの世を行き来し、空間的、時間的連続性を見せ付けつつ永生への願望を見せたように、香娘の場合もまた永生を望むが、生き返るのではなく転生するという設定は、生と死の連続性を否定し疑うものである。このような生と死の連続性への懐疑は、「薔花紅蓮伝」の薔花、紅蓮姉妹が他の人へと生まれ変わって、またその父の娘として生きて行く場合も同様である。この世とあの世の連続性は信じるものの、一度死ぬと二度と生きられず、他の肉体にて転生しなければならない。これは仏教的輪廻禍福と相通ずるものがあるように見受けられる。禁じられていた仏教的思惟は、死をめぐってこっそり頭をもたげているのである。とにかく、香娘の永生は淑香、淑英のそれとは異なり、魂だけの永生ということになろうか。この点、香娘の以下の言説により確認できる。

「もう因縁はここまでなので、無理して繋ぐことはできません。生きて死ぬのも終りがあるので、虚《むな》しく悲しまないでください。」(中略)話を終えると満足した笑みを見せつつ亡くなった。部屋は打ち薫り、四日経っても止まなかった。(テキスト四〇〇~四〇一頁)

愛する人と共に同日同刻に昇天した淑香、淑英とは違って、香娘は孝廉よりも先に昇天して死後をも共にするというロマン的な永生には至らない。したがって、香娘はその死を天が管理するという側面からは道家的思惟、この世中心の救済が行われたという側面からは儒家的思惟、魂だけの永生と輪廻禍福を信じるという側面からは仏教的思惟を融合させつつ実現していると見える。

四　朝鮮王朝後期の韓国古小説に見える女性の死と救済

今まで朝鮮王朝後期の韓国古小説に見える仙女型女性の死と生き返り、転生の様相を見てきた。「淑香伝」の淑香は元来仙女であり、天界にての罪科を償うためにこの世に降りてきて、何回も死の境界を行き来する。やがて、生き返り、李仙と幸せに暮らし、同日同刻に李仙と昇天する。こうして見ると、淑香の死は罪科を償う過程であり、真の救済は昇天ではなく李仙との結婚を可能にした生き返りである。「淑英娘子伝」の淑英もまた、淑香と同様に天界での罪科によりこの世に降りて来、この世でも仙君と結ばれることを願う。その願望は無事成就されるが、下女の陰謀により、小さな二人の子供を後に自殺する。しかし、その死は天界の基準に照らし罪科として描かれ、淑英も自ずとそう信じる。このような認識の基に生き返った淑英は、また仙君との家庭を維持することによって救われる。ついには淑英も昇天するが、この世に留まると設定された異本の存在を考慮すると、淑英にとって救済は、淑香と同様、愛する仙君との結婚を維持させた生き返りであると考えられる。このように淑香と淑英、二人の仙女が生き返り、この世で結婚し、または結婚を維持し、同日同刻に昇天することは、この世とあの世の連続性と無限の永生を信じる認識からの描写であり、ここで死は生き返りという救済のための過程、または装置に過ぎず、それそのものが最後を意味したりはしない。

しかし、『三韓拾遺』の香娘は最初から人間であった。後に仙女として神格化され、前世で成し遂げられなかった愛を成就させるためこの世に転生し、生を満喫してから昇天した。彼女にとって死は、本命の孝廉との別れを意味するのであって、淑香と淑英の死とは距離がある。香娘の死は生との断絶を意味するため、香娘は天界にて玉皇上帝に転生を要請する。転生を通じ孝廉との結婚が可能になり、第二の生を描けるからである。他の暮らしを夢見ることができるという側面で、香娘にとっての転生は淑香、淑英にとっての生き返りと同じ意味を成す。香娘にとって死は生の断絶であるが、転生は救済を意味するのである。また、香娘が他人の体に転生するという側面からも『三韓拾遺』にての生と死は断絶の意味合いが濃く、仏教的輪廻禍福と相通ずる点は否めない。つまり、同一人物の物理的永生を信仰する文学的想像力は『三韓拾遺』にてはもはや発揮されないのである。

「淑香伝」、「淑英娘子伝」とは異なる死に対する認識から、香娘は孝廉より早く死ぬものと設定されている。人間は同日同刻に死ねないという認識の変化を経て、昇天してももはや体の永生は不可能であるという仏教的認識が香娘を通じて露になっている。香娘は孝廉との愛の成就という自分の願望を成し遂げた後には、この世とあの世の連続性も、永生も望まない現実の人物として生まれ変わり、その認識は生と死の間にはっきりと境界線を引いたのである。これに比し、淑香と淑英は天界にて成し遂げられなかった願望をこの世で成し遂げ、昇天した後も幸せな共存を夢見る。要するに、生と死を相違するものと考えていないのである。

以上のように、江戸時代の日本文学に比し、朝鮮王朝後期の韓国古小説にて仙女型の生き返り譚や転生譚が目に付くのはなぜだろうか。第一に、当時の文学界で、恨みを持った者の解き放たれたい願望を謫降モチーフを以て描こうとした文化的流行が挙げられる。第二に、あの世よりはこの世を中心に考える儒家的思惟が氾濫する社会文化的背景の中、仏教的輪廻禍福を論じ得ず、道家的な生き返り、転生を素材にしやすかったからである。第三に、十七世紀以降、ハングル小説という女性読者層が接しやすい作品が流行り、女性を意識し、彼女たちの嘆きや恨みを文学的に解消しようとする動きがあったためである。第四に、男性よりも肩身の狭い思いをする一般女性の死という素材を、文学的想像力により救済しようとしたためである。

様々な理由から描かれた仙女型女性の淑香、淑英、香娘であるが、皆死を経験してやっと真の愛を獲得したという共通点を持つ。これは当代の男性筆者のロマン的想像力に依るものなのか、それとも現実を無視した文学的遊戯なのかは計り知れないが、朝鮮王朝後期における女性の死が「禁じられた愛」と密接に関連することだけは理解できる。当時の女性が愛する男性と結ばれることは稀であり、その多くは両親や主によって結婚させられた。そのため、真の愛を成し遂げられなかった無数の女性の心理的苦痛を、また、愛のために死んでいった女性の恨みを、想像の世界にてでも救済しようとした古小説作家の意図に偽りはないように見受けられる。

注

＊1　李テオク「古小説にての〝死〟の意味」、『ギョレ語文学』第十九輯、建国大国語国文学研究会、一九八五年十二月、三一〇、三一一頁。
＊2　林ジュタク「謫降モチーフを通して見た〈関東別曲〉の主題」、『韓国文学論叢』第六十二輯、二〇一二年十二月、一〇頁。
＊3　崔キュウス「謫降モチーフ流配歌辞作品に現れた表現方式の特性と詩的効果」、『梨花語文論集』十三輯、梨花語文学会、

一九九四年三月、四〇五～四〇八頁。

＊4 朝鮮王朝時代の韓国文学は長い間、生産と消費共に男性知識人による漢文学が主を成した。しかし、ハングルを用いた小説が十七世紀前後から流行することになり、読者層の拡大は急速に進行し、女性の読者層はハングル小説を享受するようになる。当時のハングル小説は、中国を舞台にしたものが多々あり、この「淑香伝」もそうである。

＊5 李サング編「淑香伝」、『韓国古典文学全集05』文学ドンネ、二〇一〇年、二八～二九頁、以下、「淑香伝」のテキストとする。

＊6 金テフン「死の観念から見た十王信仰――仏教と道教を中心に――」、『韓国宗教』Vol.33、円光大学校宗教問題研究所、二〇〇九年二月、一一二～一一七頁。

＊7 これに関しては趙ヒョンソル「朝鮮前期鬼神物語に現れた神異の意味」（『古典文学研究』第二十三輯、韓国古典文学会、二〇〇三年六月）と拙稿「『薛公瓚伝（ソルゴンチャンジョン）』と韓国の憑依譚」（『国際研究集会報告書　怪異・妖怪文化の伝統と創造――ウチとソトの視点から――』第四十五集、国際日本文化研究センター、二〇一五年一月）に詳しい。

＊8 李ヒゼ「韓国の地蔵信仰考察」、『仏教文化研究』Vol.7、韓国仏教文化学会、二〇〇六年六月、一〇二頁。

＊9 前掲「淑英娘子伝」、『韓国古典文学全集05』二六〇頁、以下、「淑英娘子伝」のテキストとする。

＊10 金ソンヒョン『〈淑英娘子伝〉の異本と空間の意識研究』博士学位論文、淑明女子大学校大学院国語国文学科古典文学専攻、二〇一五年二月、五三～五四頁。

＊11 花薔と紅蓮の姉妹が継母の陰謀のため恨みを抱いたまま死に、死後、村の官吏の前に幽霊として現れ再度報償を要求し、継母と腹違いの弟が死ぬことにより解放されていなくなったり、または転生したりする。韓国では朝鮮王朝後期以降、多様な形にて再生産される女性幽霊譚であり、一九七二年には「花薔紅蓮伝」として、二〇〇三年には「花薔、紅蓮」として映画化された。これに関する研究として拙稿「近世期日韓女性怪談比較研究――『花薔紅蓮伝』と累怪談を中心に――」（『民族文化研究』五十六号、高麗大学校民族文化研究院、二〇一二年六月）が詳しい。

＊12 趙ヒョンソル「男性支配と『花薔紅蓮伝』の女性形象」、『古典文学と女性主義的視覚』ソミョン出版、二〇〇三年、五六～五九頁。

＊13 趙惠蘭「香娘人物考」、『古小説研究』六号、韓国古小説学会、一九九八年十二月、三二五～三五三頁。

＊14　趙恵蘭訳註『韓国古典文学全集36 三韓拾遺』高麗大学校民族文化研究院、二〇〇七年、五九頁、以下『三韓拾遺』のテキストとする。

＊15　テキスト一一七～一一八頁。「急にまた妊娠したが、三十六ヶ月ぶりに子供が右腰から出てきた。生まれたときから神霊であり、自ずと名乗り、大きく立派な姿はこれ以上になく、だだをこねたり泣いたりもしなかった。よちよち歩きで家の外に出ては手を挙げ指しながら、「ここが孝廉である某の家であろう。」と言った。背中には文字があり、「天帝が香娘に命じて胎に依託して生まれるようにした。」という内容であった。（中略）この時、香娘はすぐ月の精気で整った体であったので、生まれてから七日ですでに体が大きくなり、その動く姿と起居動作が礼儀正しかった。」

あとがき

本書の刊行に至るいきさつを簡単に紹介しておきたい。稿者佐伯の勤務校である清泉女子大学の日本語日本文学科には、近代文学専攻で幻想文学の大家泉鏡花を主専門とする藤澤秀幸教授、中古文学専攻で『源氏物語』の物の怪について研究業績のある藤井由紀子准教授、中世文学専攻で死者の幽霊を扱う夢幻能にも詳しい姫野敦子准教授、そして近世文学専攻で浮世草子や怪異譚・笑話を専門とする稿者佐伯が専任教員として勤めている。加えて、『源氏物語』の物の怪研究において先駆的な実績のある藤本勝義青山学院短期大学名誉教授も、非常勤で出講して下さっていた。「せっかく怪異に関心のある者が集まっているのだから、一緒に怪異を研究しよう」というので、「日本文学における怪異」研究グループを立ち上げ、科研費（二〇一一～一五年度科学研究費補助金（基盤研究（C）「日本文学における「怪異」研究の基盤構築」、研究代表者藤澤秀幸教授）を受け、共同研究を進めて来た。具体的には、二〇一一年度に「日本文学と怪異——信じる？　信じない？——」というテーマ（十月二十九日、於清泉女子大学）、翌一二年度に「日本文学における怪異と猫」というテーマ（十月十三日、清泉女子大学）で公開シンポジウムを行った。[*1] 佐伯が韓国における日本学研究の拠点の一つである高麗大学校のシンポジウム[*2]に招いて頂いたことが縁で、高麗大学側の「怪異」研究グループとの交流が進み、共同でシンポジウムを開催することとなった。日韓を通じて、文学を主としつつも宗教・民俗・思想にも亘り切り口の豊富なテーマにしようと相談し「死と救済」をテーマに定め、まず日本側だけで先に二〇一四年度に「日本文学における死と救済——怪異の視点から——」というテーマで公開シンポジウムを行い、更に、翌一五年度には、韓国側の研究者に来日してもらい高麗大学校民族文化研究院との共催の形で公開シンポジウム「文学における〈死と救済〉——東アジアの怪異の視点から——」（五月十六日、於清泉女子大）を開催した。本書はその二回に亘るシンポジウムの成果を活字化したものである。[*3]

韓国側の執筆者を簡略に紹介する。高麗大学校には学際的・国際的な研究を行う民族文化研究院や日本研究センターその他の研究所を有し、日本のみならず中国や台湾との研究交流も盛んであり、まさに東アジアを結ぶ研究交流の拠点となっている大学である。本書の韓国側メンバーはいずれも、高麗大学校所属の研究者を中心とする「神異と怪異の文化研究会」の会員。金基珩《キム・ギヒョン》氏は高麗大学校国語国文学科教授で、民俗学、口碑文学、特に韓国の浄瑠璃であるパンソリに関する研究が専門。沈致烈《シム・チヨル》氏は誠信女子大学校国語国文学科教授で、韓国文学、特に説話に関する研究が専門。姜祥淳《カン・サンスン》氏は高麗大学校民族文化研究院HK教授で、韓国文学、特に朝鮮王朝期の散文研究が専門。金貞淑《キム・ジョンスク》氏は高麗大学校CORE事業団研究教授で、韓国文学、特に漢文の研究が専門。高永爛《コウ・ヨンラン》氏は高麗大学校民族文化研究院HK研究教授で、日韓比較文学、特に近世の散文研究が専門。

なお、韓国編の高氏以外の論文は原文が韓国語で書かれており、日本語訳を担当して下さったのは次のお二人である。

片龍雨《ピョン・ヨンウ》高麗大学校グローバル日本研究院HK研究教授（金基珩氏・沈致烈氏の論）

金正恩《キム・ジョンウン》高麗大学校非常勤講師（姜祥淳氏・金貞淑氏の論）

本書の元になったシンポジウムにおいても、本書においても、日韓の比較考察や「東アジア」の中の日韓という視点を採り入れることを目指しつつも、不十分であったと自覚している。「死と救済」という統一テーマを立てることで全体を有機的に結び付け総括することを目論《もくろ》んだけれども、正直なところ難しかった。ただ、日韓の死生観などについて歴史的に俯瞰し比較するための一助に、本書がなれば幸いである。

我々清泉女子大学の「日本文学における怪異」研究グループは、今後も〈怪異〉を一つの視座として日本文学研究を進めて行き、成果を挙げたいと考えている。韓国側「神異と怪異の文化研究会」との学術交流もできれば続けたいと考えており、本書刊行はその一里塚に過ぎない。読者諸兄におかれては、本書所収の各論に対して、御批評・御叱正をお願い致したい。

末筆ながら、シンポジウムの開催を共催の形で引き受けてくれた清泉女子大学人文科学研究所と、公開シンポジウムの当日に会場にお越し下さり質問や意見を下さった諸兄、及び出版をお引き受け下さった笠間書院、編集を担当して下さった西内友美氏に、心より御礼を申し上げる。

二〇一七年三月十九日

清泉女子大学「日本文学と怪異」研究会　佐伯孝弘

注

＊1　「日本文学と怪異――信じる？　信じない？　――」のシンポジウムで発表された各論は『清泉文苑』二十九号（二〇一二年三月）に、「日本文学における怪異と猫」のシンポジウムで発表された各論は『清泉女子大学人文科学研究所紀要』三十四号（二〇一三年三月）に活字化した。御興味のある方は参照されたい。

＊2　高麗大学校日本研究センター日本学シンポジウム「江戸文学の中心と周縁」、二〇〇九年九月十八日、於韓国高麗大学校）、及び高麗大学校民族文化研究院シンポジウム「アジアの鬼神」、二〇一二年三月三十日、於韓国高麗大学校）。

＊3　二〇一四年十月の公開シンポジウム「日本文学における死と救済――怪異の視点から――」（於清泉女子大学）で発表した藤井・藤本・姫野・藤澤氏の発表内容は、『清泉女子大学人文科学研究所紀要』三十六号、二〇一五年三月）に活字化した。四氏の本書掲載論文は、これに加筆・修正を加えたものである。

【付記】本書は右に述べた如く、二〇一一～一五年度科学研究費補助金（基盤研究（C）「日本文学における「怪異」研究の基盤構築」（課題番号 20245939）研究代表者　藤澤秀幸）による成果の一部である。

執筆者一覧（掲載順）

藤井由紀子《ふじいゆきこ》

清泉女子大学准教授。専門は中古文学。主要著書に『夢見る日本文化のパラダイム』（荒木浩編、共著、法藏館、二〇一五年）、『新時代への源氏学6　虚構と歴史のはざまで』（助川幸逸郎・立石和弘・土方洋一・松岡智之編、共著、竹林舎、二〇一四年）など。

藤本勝義《ふじもとかつよし》

青山学院女子短期大学名誉教授。博士（文学）。専門は中古文学。主要著書に『源氏物語の表現と史実』（笠間書院、二〇一二年）、『源氏物語の人ことば文化』（新典社、一九九九年）、『源氏物語の〈物の怪〉』（笠間書院、一九九四年）、『源氏物語の想像力』（笠間書院、一九九四年）、『王朝文学と仏教・神道・陰陽道』（竹林舎、編著、二〇〇七年）など。

姫野敦子《ひめのあつこ》

清泉女子大学准教授。専門は中世文学。主要著書に『日本の歌謡を旅する』（日本歌謡学会編、共著、和泉書院、二〇一三年）、『鳥獣虫魚の文学史：日本古典の自然観』（鈴木健一編、共著、三弥井書店、二〇一一年）など。

佐伯孝弘《さえきたかひろ》

清泉女子大学教授。専門は近世文学。主要著書に『江島其磧と気質物』（若草書房、二〇〇四年）、『八文字屋本全集』全二十三巻（共編、汲古書院、一九九二～二〇〇〇年）、『西鶴と浮世草子研究』vol.2（共編、笠間書院、二〇〇七年）、『浮世草子研究資料叢書』全七巻（共編、クレス出版、二〇〇八年）など。

藤澤秀幸《ふじさわひでゆき》

清泉女子大学教授。専門は近代文学。主要著書に『論集大正期の泉鏡花』（泉鏡花研究会編、共著、おうふう、一九九九年）、『近代文学研究とは何か——三好行雄の発言——』（共編、勉誠出版、二〇〇二年）など。

沈致烈《シム・チヨル》

誠信女子大学校教授。専門は韓国古典散文。主要著書に『古典小説講讀』（共著、韓国放送通信大学校、二〇一六年）、『神話の世界』（共著、

誠信女子大学校出版部、二〇〇五年)、「〈淑英娘子伝〉に現れた死の現場性と再生の喪失感」(『韓国古典研究』三十二輯、韓国古典研究学会、二〇一五年十二月)など。

金基珩 キム・ギヒョン

高麗大学校教授。専門は韓国口碑文学。主要著書に『春香祭八十年史』(民俗院、二〇一五年)、『国立国楽院 口述叢書11 成又香』(国立国楽院、二〇一三年)、『韓国の民俗芸術五十年史』(共著、民俗院、二〇十一年)など。

姜祥淳 カン・サンスン

高麗大学校民族文化研究院ＨＫ教授。専門は韓国古典文学。主要著書に『鬼神と怪物』(召命出版、二〇一七年)、『韓国古典小説と精神分析学』(高麗大民族文化研究院出版部、二〇一六年)、『19世紀朝鮮の文化構造と動力学』(編著、召命出版、二〇一三年)など。

金貞淑 キム・ジョンスク

高麗大学校ＣＯＲＥ事業団研究教授。専門は韓国漢文小説、漢文散文。主要著書に『朝鮮後期 才子佳人小説と通俗的漢文小説』(宝庫社、二〇〇六年)、『日本漢文怪談集夜窓鬼談』(共訳、図書出版文、二〇〇八年)、『曲江樓奇遇記・想思洞餞客記』(檀国大出版部、二〇一五年)、「漢文懸吐体新聞小説『神断公案』に見る犯罪敍事の商業化」(『日本学研究』五十号、二〇一七年一月)など。

高永爛 コウ・ヨンラン

高麗大学校民族文化研究院ＨＫ研究教授。主要著書に『日本古典文学に現れた生と死』(共著、ボゴ社、二〇一五年)、『鬼神、妖怪、異物の比較文化論』(共著、召命出版社、二〇一四年)、「銀と遊廓文化――『けいせい色三味線』の場合――」(『日本文化学報』七十輯、二〇一六年八月)など。

日《にっ》韓《かん》怪《かい》異《い》論《ろん》
死《し》と救済《きゅうさい》の物語《ものがたり》を読《よ》み解《と》く

平成 29 年（2017）5 月 15 日　初版第 1 刷発行

［編者］
清泉女子大学「日本文学と怪異」研究会

［発行者］
池 田 圭 子

［装幀］
笠間書院装幀室

［発行所］
笠 間 書 院
〒 101-0064　東京都千代田区猿楽町 2-2-3
電話 03-3295-1331　FAX03-3294-0996
http://kasamashoin.jp/　mail：info@kasamashoin.co.jp

ISBN978-4-305-70848-9　C0095

印刷／製本　モリモト印刷